APPARENCES

Lydia Le Fur

APPARENCES

Roman

APPARENCES

Ce livre est une oeuvre de fiction.

Couverture : © Pierre-Jérôme Jehel 2017
Vous pouvez consulter le site du photographe à l'adresse
suivante : www.a-m-e-r.com

ISBN : 978-2-9559558-0-2 (format mobi)
ISBN : 978-2-9559558-1-9 (format papier)
ISBN : 978-2-9559558-2-6 (format epub)

À mon mari

Chapitre 1

Sur les toits de Paris, l'homme se mit en position de tir. Une fois allongé, il plaça son fusil dans le creux de son épaule, sa joue droite légèrement appuyée contre la crosse, il regarda dans la lunette de visée télescopique et pointa son arme vers la porte d'entrée de la maison. Il se concentra sur sa respiration et ses battements cardiaques. Il était prêt.

Un magazine d'art d'une main, une tartine beurre et confiture de myrtille de l'autre, les pieds posés sur la chaise voisine, Liza savourait son petit déjeuner dans la cuisine éclairée par une pâle lueur d'hiver. Elle ne se lassait pas de relire l'article qui lui était consacré, en buvant son thé.

Elle allait exposer ses œuvres dans la galerie Arbora, en plein cœur de Chelsea à New York. Jeune artiste au talent prometteur, elle avait exploré le monde des apparences dans ses toiles. Le journaliste signalait cet évènement comme un rendez-vous artistique incontournable marquant le début de l'hiver et la date du vernissage ressemblait au début d'une grande aventure.

– Tu vas finir par être en retard.

– Ne t'inquiète pas maman. Je n'ai plus qu'à descendre ma valise.

– Tu as ton passeport ? Une bouteille d'eau ?

– Les boissons ne sont pas acceptées en cabine. Tu devrais le savoir depuis le temps que l'on voyage ensemble. Vous m'avez déjà emmenée presque partout dans le monde, papa et toi.

– Tes dessins ?

– J'y ai pensé.

– C'est la première fois que tu pars si loin sans moi.

– Tu ne vas pas recommencer ! Je vais dans la ville la plus géniale au monde. New York. Tu te rends compte ? Le Met. Le MoMA. Sans compter les galeries d'art les plus célèbres.

– Tu as toujours rêvé d'aller exposer tes travaux dans cet endroit magique, mais j'ai peur pour toi. Tout simplement.

– Je t'aime. Je reviens bientôt.

– Allez ! tu vas rater ton avion. Finis ton thé, le taxi ne va pas tarder.

Liza monta dans sa chambre dont les murs étaient tapissés de dessins. Sa vie se composait de traits de fusain et de touches de couleur. Son monde était fait de crayons, de pinceaux et de couteaux à peindre. Elle regarda le bureau, le lit où trônaient ses peluches mais elle ne les emportait pas. Elle avait atteint l'âge où elles restent dans les chambres d'enfant.

Elle glissa dans sa valise ses petits cartons à dessin contenant ses croquis qui ne la quittaient jamais. Ses œuvres, ses huiles l'avaient précédée. Le galeriste n'avait pas voulu perdre de temps et les avait déjà installées dans la galerie.

Elle descendit l'escalier en portant sa grosse valise à deux mains et ne se retourna pas.

– Au revoir maman, lui dit-elle en l'embrassant.

– Au revoir ma chérie. Je t'aime.

Liza enfila son manteau, passa son sac à main en bandoulière, fit rouler sa valise jusqu'à la porte et abaissa la poignée. Elle sortit de la maison.

Elle ne vit pas l'arme pointée sur elle.

Chapitre 2

Le tireur posa les yeux sur le visage de Liza et sa respiration se bloqua. Puis il sentit le canon froid d'une arme pointée sur sa nuque. Première mission de la sorte. Autonomie totale. Aucune possibilité de compter sur son chef de pièce. Et il n'avait rien entendu. Une erreur de débutant qui pouvait lui coûter la vie.

– Ne te retourne pas et pose doucement ton fusil à terre, lui dit l'homme derrière lui.

Son regard restait sur Liza qui refermait la porte de sa maison. Il n'arrivait pas à se détacher d'elle, à avoir peur de mourir.

– Pose ton fusil à terre !

Il n'obéit pas. Il ne bougea pas. Il resta en position, le doigt sur la détente. « N'oubliez pas. Vous ne devez pas échouer. » Les paroles de son supérieur lui revenaient en boucle, se mêlant à celles de l'homme derrière lui.

L'envie de vivre prenait le dessus. Son cœur cognait. Sa respiration s'accélérait. Son regard se troublait. Il n'était plus en état de réussir son tir. Erreur de parallaxe. Il tira malgré tout et rata sa cible. L'homme lui assena un violent coup de crosse sur la tête. Il perdit connaissance.

Au coup de feu, Liza se coucha à terre à l'abri du taxi qui était venu l'emmener à l'aéroport. Puis elle se releva et partit en courant, abandonnant sa valise sur le trottoir. Elle courait sans s'arrêter, sans un seul regard en arrière, mue par une énergie incroyable. Elle aperçut un taxi, le héla et s'engouffra à l'intérieur.

– L'aéroport. Roissy, s'il vous plaît. Vite ! Très vite !

– Bien, Mademoiselle.

– Le chauffeur regarda dans son rétroviseur. Liza, le visage rougi par la course, essoufflée, se blottissait sur la banquette arrière.

– Vous êtes sûre que tout va bien ?

– Oui, oui. Foncez !

Chapitre 3

Ses parents lui avaient réservé une chambre à l'hôtel Trump SoHo, gigantesque tour de 46 étages surplombant Lower Manhattan. Ils lui avaient fait la surprise au dernier moment. Un établissement de luxe, gratte-ciel bleuté de verre et d'acier. Tout New York était représenté dans cette structure qui s'élançait vers le ciel. Démesure et fragilité. Folie et investissements calculés. L'hôtel lui rappelait ces graphiques en forme de rectangle qui indiquaient une croissance ou un déficit. Le capitalisme vertical, extrême. Elle avait souvent parcouru les brochures ou les pages internet de son site et se plaisait à le dessiner. Il la fascinait.

Assise au bar, Liza contemplait la *skyline* de la ville qui ne dort jamais. En plein SoHo, elle se sentait bien, proche des galeries d'art et des musées.

L'homme s'approcha et s'installa sur un tabouret juste à côté d'elle.

– Puis-je vous revoir ?

Elle se tourna aussitôt vers lui. Elle aima son allure, son visage fin et bien dessiné. Elle pencha la tête et le regarda dans les yeux.

– C'est une question réservée au terme d'une première rencontre.

Vous commencez toujours vos livres par la fin ?

– Je ne lis que des livres dont je connais déjà l'histoire.

– Vous n'aimez pas le risque ?

– Au contraire. J'adore ça. Mais j'aime calculer, préméditer. Il y a toujours un facteur de risque dans ce que l'on fait donc, plus on estime le danger, plus on a de chances de gagner.

– C'est seulement gagner qui vous intéresse ?

– Pas vous ?

– A quel jeu jouez-vous ?

– Le mien. Le vôtre. Vous aussi vous jouez. Tout le monde fait semblant. Ce n'est pas un jeu dangereux, mais juste un jeu. Tout le monde joue.

– Donc ce que je vois n'est pas vous ?

– Oui et non, c'est juste un aspect de ma personnalité.

– Et quels sont vos autres aspects ?

– Trop dangereux.

– Pour qui ?

La pluie se mit à tomber. Douce musique sur la façade de verre. Elle se tourna vers la baie vitrée.

– C'est gentil à vous d'avoir réservé le bar pour nous seuls ce soir, plaisanta-t-elle.

Il s'était tourné lui aussi, emporté par le spectacle offert par la ville illuminée. Il sursauta au son de sa voix.

– Tout le plaisir est pour moi, dit-il d'une voix grave et troublée.

– J'adore séjourner dans un hôtel en hiver, quand il n'y a presque personne, quand il fait bien froid dehors. J'aime cette ambiance feutrée et très cocooning. Je me sens blottie, bien au chaud, car je sais que rien ne peut m'arriver.

Elle ferma les yeux un instant.

Quelques cheveux s'échappant d'un chignon blond, nez fin, long cou, léger décolleté laissant deviner deux petits seins qui se soulevaient à chaque respiration, de longues jambes galbées dans une jupe droite.

Comment faire pour tuer une femme ?

Il avait déjà fait ses preuves en Afghanistan où il avait effectué de nombreuses opérations : la neutralisation de cibles longue distance avait toujours été son point fort. Il n'avait jamais échoué. Un tireur d'élite, voilà ce qu'il était. Il avait tiré sur des éléments hostiles, pour sauver des otages prisonniers des rebelles. Une sorte de justicier. Pas un assassin. Aucun contact avec la cible. Il était un tireur embusqué, caché. Aucun corps à corps. Aucun contact physique. Aucun lien émotionnel. Mais que lui demandait-on ?

– Vous êtes français ?

– Oui.

– D'où venez-vous ?

– Paris.

– Comme moi. Vous êtes descendu à l'hôtel ou vous êtes un client extérieur ?

– J'ai réservé une chambre ici. Pourquoi ?

– Juste pour savoir, dit-elle en souriant.

– Vous voulez un autre verre ?

– Non merci. Je vais rejoindre ma chambre car je me lève tôt demain et le décalage horaire ne me rend pas les choses faciles.

– Vous ne m'avez toujours pas répondu.

Elle l'interrogea du regard. Il répéta sa question.

– Puis-je vous revoir ?

Le visage de Liza s'illumina. Elle se leva de son siège et se dirigea vers la porte en riant.

Il la regarda s'éloigner, hypnotisé par le claquement de ses talons hauts sur le plancher du bar.

Seule dans sa chambre, elle ouvrit sa valise, que sa mère, une fois rassurée, lui avait ramenée au terminal de l'aéroport. Elle délaça les rubans de ses cartons. Elle contempla ses dessins, ses croquis, ses esquisses.

Des années de pratique. Elle avait commencé toute petite. Dès qu'elle le pouvait, elle dessinait. Sur un coin de nappe en papier, sur un bout d'enveloppe, un Post-it. Elle les regarda un par un. Chaque détail, chaque courbe, chaque trait.

Elle avait toujours été fascinée par les différences entre les gens. Les modèles qu'elle avait dessinés étaient tous particuliers : petits, grands, minces ou enrobés. Toutes les formes lui plaisaient. Le corps des gens longilignes lui rappelait le tronc noueux des arbres en hiver, celui des gens généreux évoquait la rondeur des fruits d'été. La finesse des mains lui rappelait Dürer et ses merveilleux croquis de détail. C'était un plaisir sans fin, jamais assouvi. De son papier, naissaient les arabesques d'une femme, la courbure des fesses d'un modèle masculin, le visage et les mains d'un enfant.

Elle adorait aussi l'art abstrait, la forme pure. La sensation à sa source. Elle ne se fatiguait jamais de cette magie qui s'opérait quand le crayon ou le pinceau glissait sur le support. Elle donnait naissance. Elle créait.

Elle regarda encore et encore ses croquis et la jeune voyageuse finit par s'endormir sur le lit, sans même l'avoir défait, la tête posée sur ses feuilles de papier.

Chapitre 4

Liza avait voulu s'imprégner de l'univers de New York dès le petit matin. Elle ne voulait rien manquer de cette extraordinaire mégalopole, tous ses aspects l'intéressaient. Elle avait prévu de marcher dans ses rues, trouvant elle-même des recoins ne figurant pas dans les guides touristiques, avant de se rendre à la galerie en milieu de matinée. Elle désirait faire corps avec la ville. Elle avait besoin d'un lien fort et étroit avec cet environnement afin d'y puiser son inspiration. Elle souhaitait observer les New-Yorkais et leurs habitudes, s'en étonner, s'en attrister ou en rire mais toujours s'en émouvoir. Un travail préparatoire, chez elle nécessaire, pour retranscrire de l'émotion dans ses dessins, dans ses toiles.

Elle s'apprêtait à traverser la rivière urbaine colorée de véhicules jaunes.

– Mademoiselle !

L'homme, la quarantaine environ, était vêtu d'une cape et d'un chapeau en tweed, qui lui donnaient un petit air de Sherlock Holmes. Cette tenue contrastait avec le look Hugo Boss de la plupart des hommes qui se rendaient à leur travail. Son visage plutôt rond et ses cheveux frisés lui faisaient un air jovial, une bouille presque enfantine, qui mettait tout de suite les gens à l'aise.

– Mademoiselle ! Attendez ! dit l'homme essoufflé.

– Je peux vous aider ?

– Attendez-moi, dit-il en se tenant les côtes. Vous marchez vite. Comment faites-vous pour vous déplacer aussi rapidement perchée sur vos talons ?

– Une longue expérience féminine, dit-elle en riant. Mais je dois y aller.

– Je ne serai pas long. Avez-vous remarqué l'homme qui vous suit ?

Elle voulut se retourner.

– Ne faites pas cela ! Il est grand, cheveux courts et bruns, peau légèrement hâlée, plutôt bel homme. Il porte un blouson de cuir marron foncé sur un col roulé noir. Cela vous dit quelque chose ?

– Non.

– Regardez discrètement derrière vous vers le coin de la rue.

D'un coup d'œil sur le côté, elle reconnut l'homme qui l'avait abordée la veille au bar.

– C'est un client de l'hôtel où je suis descendue. Pourquoi dites-vous qu'il me suit ? Et puis d'ailleurs, comment le savez-vous ?

– Ne vous méprenez pas. Je suis journaliste, et un peu détective.

– D'où votre tenue. Vous savez, Sherlock Holmes est un personnage de roman. Il n'a jamais existé.

– Merci pour le scoop. Mais j'adore ce personnage.

Elle lui sourit, puis s'impatienta.

– Venez-en au fait !

– Vous êtes Mlle Devreau ?

Elle le regarda, surprise.

– Je vous ai suivie depuis Paris.

Elle fit un pas en arrière.

– Laissez-moi vous expliquer.

Liza ne répondit rien mais attendit, prête à s'enfuir.

– Un coup de feu avant de partir pour l'aéroport. Vous vous rappelez ?

– Mais enfin ? Et vous pensez que cet homme a un rapport avec ça ? Comme vous croyez que c'était moi qui étais visée ? Allons ! c'est ridicule.

– Pourquoi pas ? Avez vous des ennemis ?

– Ne soyez pas stupide ! Regardez-moi. Croyez-vous vraiment que quelqu'un chercherait à me tuer ? Personne ne me déteste à ce point là, voyons !

– Je me méfie toujours des apparences. C'est comme ça qu'on reste en vie et que l'on fait un bon journaliste ou un bon détective.

– Eh bien ! M. Holmes, je vous laisse à vos déductions. Vous semblez être quelqu'un dont l'imagination est plus que débordante. Veuillez cesser de me suivre !

Le journaliste se précipita sur elle et la plaqua au sol. Elle entrevit le canon d'un fusil dépassant de la vitre arrière à moitié baissée d'une voiture. Un coup de feu. La balle alla s'incruster dans le mur du bâtiment qui se situait derrière elle. Dans un crissement de pneus, la voiture accéléra et disparut, avalée par la ville.

– Ça va ? Vous n'avez rien ? Vous me croyez maintenant ?

– Mais pourquoi ? demanda-t-elle d'une voix cassée, alors qu'elle se remettait debout.

– J'aurais espéré que vous me le diriez. Quelqu'un vous en veut et vous avez beaucoup de chance. Cela fait deux fois en très peu de temps que vous échappez à la mort.

Liza se ressaisit et chercha l'homme du bar au coin de la rue. Il avait disparu. Elle resta silencieuse quelques secondes. Une coïncidence sans doute. Elle se rappela son rendez-vous à la galerie et consulta sa montre.

– Je dois y aller. Je suis attendue. Retrouvez-moi ce soir dans le hall du Trump SoHo à 19 heures.

Chapitre 5

La galerie était immense.

Un parquet de chêne clair ainsi que des murs blancs contrastaient avec les teintes chaudes de ses toiles. L'éclairage parfaitement dosé en provenance d'une rampe suspendue au plafond réveillait les pigments de l'huile. Un tourbillon de jaune et de rouge de cadmium entraînait l'œil dans une danse endiablée. A la fois salsa et tango, les arabesques sur ses toiles s'envolaient au rythme des touches de pinceau et de couteau à peindre.

Liza adorait les couleurs vives. Elle aimait l'huile pour cela. Elle en appréciait les teintes, la texture. Elle l'appliquait, s'en imprégnait, s'immergeait dans cette mer chaude. Dans ce havre artistique, sa peinture prenait vie. La jeune artiste était emportée par un flot d'émotions et de sensations. Jamais elle n'avait vu ses toiles sous cet angle. Elle était fière d'en être la créatrice.

– Mlle Devreau ? lui demanda un homme qui se dirigeait vers elle.

– C'est moi, bafouilla-t-elle.

– Vous aimez ?

– Si j'aime ? dit-elle en reprenant enfin ses esprits.

– Je m'appelle Alexander Griggs. Je suis le propriétaire de cette galerie. Je suis très heureux de vous accueillir en ces murs.

Ils naviguèrent de salle en salle. Des sculptures modernes balisaient leur traversée. D'autres artistes étaient exposés. D'autres média étaient utilisés. Des photographies figuraient également sur les cimaises. On distinguait le choix du galeriste, un choix sûr et raffiné, composé d'œuvres à la fois douces et puissantes.

– Racontez-moi votre galerie.

– Eh bien, c'est une longue histoire. Je ne voudrais pas vous ennuyer.

– Au contraire.

– Installons-nous ici dans ce salon.

Liza se lova dans un fauteuil recouvert de laine de mouton et dont les pieds étaient faits en bois flotté. A l'extrémité de chaque accoudoir se trouvait un casque à cornes miniature. Un Viking l'aura sûrement oublié lors de son escale en Amérique, pensa Liza, amusée.

Le grand-père de M. Griggs était peintre et sculpteur. Il avait développé une véritable passion pour son art et était convaincu que toute société où les artistes sont contrôlés ou muselés est une société sans âme, où les gens ne peuvent pas connaitre le bonheur. L'art ne peut être dompté, canalisé, ou domestiqué. Il avait ainsi créé une école pour transmettre son amour pour cette liberté. Il rêvait de faire passer sa créativité, son savoir, ses techniques et de permettre à de jeunes bourgeons artistiques d'éclore et de s'épanouir en toute sérénité. Donner une chance aux générations futures était son leitmotiv, son sacerdoce, sa vie. Il était mort heureux autant d'avoir réalisé ses œuvres que d'avoir su transmettre sa passion.

– J'ai créé cette galerie il y a une vingtaine d'années. Nous suivons les artistes déjà établis. Nous aimons les revoir régulièrement afin que nos clients les plus fidèles puissent découvrir leurs nouvelles créations et avoir le plaisir de les rencontrer à nouveau. Et nous adorons dénicher les artistes de demain. Et aujourd'hui c'est vous. Et je dois vous l'avouer : mon grand-père aurait été fier de vos toiles.

Un large sourire éclairant son visage, Liza remercia chaleureusement M. Griggs, qui lui annonça qu'elle rencontrerait les clients dans les jours à venir. Bon nombre d'entre eux étaient des collectionneurs. Achat de toiles pour des placements. Pressentir un artiste de plus en plus coté et en acheter plusieurs du même auteur. Liza ne put s'empêcher de trouver que tout cela manquait de romantisme.

– Et les coups de cœur ?

– Ces instants de grâce artistique ? Une toile achetée par pur plaisir ? Rassurez-vous ! Cela existe. L'acheteur tombe amoureux de l'œuvre qui devient obsession, désir. « Il me faut absolument cette toile ! » me dit le client. Les nouveaux acquéreurs s'approprient l'œuvre. Une fois chez eux, dans un autre lieu, dans une autre ambiance, ce n'est plus l'œuvre de l'artiste. Le nouveau propriétaire choisit lui même la pièce où l'accueillir, presque comme un nouveau membre de la famille, et réfléchit au meilleur éclairage, de manière à retrouver les sensations qu'il a connues dans la galerie.

M. Griggs sourit à Liza.

– Bien ! je m'arrête là. Je me laisse emporter. Parfois je me demande si je ne suis pas habité par l'esprit de mon grand-père tant j'ai l'impression de l'entendre parler. Voilà ce que c'est que d'avoir passé toute son enfance à l'écouter !

L'homme se leva, ce que fit Liza également. Il se tourna vers elle.

– Mlle Devreau, je ne vais pas vous importuner davantage. Je vais vous présenter Justine McKay, mon assistante chargée des relations publiques. Elle vous présentera aux autres membres de notre équipe qui n'est composée que de femmes. « Mes filles » comme elles se surnomment avec humour. Bien sûr, nous attendons de nos artistes qu'ils soient régulièrement présents à la galerie. Et je compte sur vous pour le vernissage le jeudi 6 décembre. Pour aujourd'hui, appropriez-vous la galerie, imprégnez-vous de ses murs, de son ambiance. Restez-y aussi longtemps que vous le souhaitez. Nous fermons à 18 heures.

Il tendit une main que Liza serra avec fermeté.

– Merci. Vous pouvez compter sur moi.

Chapitre 6

Liza quitta la galerie dans l'obscurité de ce mois de décembre. Elle le vit au coin d'une rue : l'homme du bar de l'hôtel.

Elle voulut fuir, puis se ravisa.

Elle stoppa sa marche et l'observa.

Leurs regards se croisèrent.

Un Beretta 92 se trouvait dans le holster sous la veste de l'homme : le métal froid du pistolet semi-automatique se réchauffait au contact de son corps. Il sentait son poids, son pouvoir. Le droit de vie et de mort, le permis de tuer. Il lui suffirait de prendre l'arme en main, de viser et de tirer. Trois choses simples synonymes de fin.

La neige se mit à tomber. D'abord de légers flocons : petites plumes flottant dans l'air. Puis ils s'intensifièrent. La veille, à la télévision, ils avaient annoncé de fortes chutes de neige dans la soirée. Les rues de New York commençaient à se vider en prévision des futures difficultés de circulation. Il ne restait bientôt presque plus que les *yellow cabs* et les véhicules d'urgence. Tout autour d'eux se dépeuplait : les rues, les trottoirs, les bureaux. Les gens rentraient dans les bouches de métro. Les voitures quittaient la ville. Les magasins fermaient. Moment d'exode climatique et de fin de journée.

La débandade urbaine. La fuite vers son chez-soi.

Mais ils ne bougeaient pas : rochers affleurant l'eau dans une rivière en crue.

Il n'y avait presque plus qu'eux : un homme et une femme sur un trottoir.

Le temps s'était arrêté. Plus rien d'autre n'existait. Tout s'était suspendu.

Elle ne ressentait pas le froid mordant sur ses jambes aux collants fins.

Il ne ressentait pas la douleur de ses muscles engourdis.

Elle n'entendait pas les Klaxons.

Il n'entendait pas les sirènes des ambulances.

Ils se regardaient. Sans bouger, sans parler, à la fois si proches et si distants.

Surtout ne pas rompre l'équilibre, ne pas changer les repères.

Lui, savait que, si il bougeait, il aurait à sortir son arme et qu'il devrait tirer.

Elle, savait que, si elle bougeait, l'homme deviendrait dangereux.

Le vent jouait avec les plis de sa jupe noire.

Le vent jouait avec les plis de son pantalon noir.

Elle trouvait l'homme beau, attirant, fascinant.

Il la trouvait belle, envoûtante, excitante.

Elle avait envie de lui.

Il avait envie de la posséder.

Les flocons s'épaississaient, la neige tourbillonnait autour d'eux.

En un quart d'heure, tout devint blanc.

Il n'y avait plus de zones d'ombre, il n'y avait plus d'obscurité.

L'homme devint blanc. La femme devint blanche.

Page blanche.

– Mademoiselle ?

Liza sursauta.

– Mlle Devreau, pardon encore de vous importuner, mais je pense qu'il serait plus sûr que je vous raccompagne jusqu'à votre hôtel.

Les yeux hagards, Liza regarda l'homme qui venait de lui parler. Quelques secondes furent nécessaires pour qu'elle réalise.

– Encore vous ! dit-elle en reconnaissant le journaliste qui l'avait abordée le matin même.

– Eh oui ! encore moi. Laissez-moi vous raccompagner, s'il vous plaît, Liza. Étant donné qu'il vous est déjà arrivé plusieurs mésaventures, je serais plus tranquille si je pouvais le faire. Certes, je sais que l'hôtel n'est pas très loin mais je pense qu'un taxi serait fort raisonnable par ce temps et comme vous m'avez donné rendez-vous là-bas, je me suis dit que…

Liza regarda autour d'elle.

– Il neige, dit-elle en frissonnant soudain. Je suis gelée.

– Pourquoi restiez-vous sous la neige ?

– Je ne sais pas, mentit Liza. Je ne sais pas.

Il la regarda un instant, l'air suspicieux.

– Ne restons pas là ou nous finirons tous les deux en bonhomme de neige.

Liza regarda l'endroit où se trouvait l'homme du bar : il n'y avait plus personne. Avait-elle rêvé ? Elle haussa les épaules.

– Bah ! ce n'est rien, se dit-elle, retrouvant son entrain habituel. Vous venez ? On le prend ce taxi ?

– Oui, oui, voilà, dit-il en peinant à suivre la jeune femme perchée sur ses talons hauts, qui progressait rapidement malgré la neige.

Le journaliste regarda en arrière. Lui aussi avait vu l'homme caché au coin de la rue.

Chapitre 7

Le lobby de l'hôtel était unique. Aussi vertigineux que la tour elle-même. Les murs étaient recouverts de très longues poutres verticales en bois massif. Les architectes Handel s'étaient laissés emporter par leurs rêves de grandeur. Dans ce hall démesuré, Liza, accompagnée du journaliste, s'énervait.

– Mais si, bien sûr ! Réfléchissez ! Un homme grand, vêtu d'une veste en cuir marron. Il m'a dit qu'il avait pris une chambre ici.

Le réceptionniste la regarda d'un air dépité.

– Je suis désolé, Mademoiselle. Je ne vois pas.

– Venez Liza. Je crois que cette conversation ne mènera nulle part.

Ils s'éloignèrent du bureau de la réception. Le journaliste tendit la main.

– Au fait, mon nom est Thomas Rivard. Mais mes amis m'appellent...

– Sherlock, le coupa-t-elle en riant.

– Bonne déduction, Mlle Devreau. Je pense que vous pourriez faire un Docteur Watson tout à fait acceptable.

– Allons dans ma chambre !

– Là ? Tout de suite ? On se connait à peine.

– Ce que vous pouvez être puéril ! dit-elle en levant les yeux au ciel.

Ses parents n'avaient pas fait les choses à moitié. La vue de sa chambre au dernier étage était tout simplement spectaculaire. New York dans toute sa verticalité. Manhattan. L'Hudson River. Ils lui avaient offert l'une des plus belles suites *penthouse*. Une baignoire en îlot central trônait devant une gigantesque baie vitrée qui s'élevait du sol au plafond : prendre son bain au bord d'un océan de lumière.

– Eh ben dis donc ! elle a de l'argent la petite.

– Mes parents m'ont offert ce cadeau.

– Mais bien sûr ! Papa architecte de renom et maman créatrice de mode pour une grande maison parisienne. Oui, il n'y a pas à dire : ça facilite la vie !

– Vous êtes bien renseigné. Bravo, le paparazzi ! Je sens une pointe d'amertume dans votre voix. Vous êtes jaloux, on dirait ?

– C'est juste que l'on ne part pas tous égaux dans la vie. Mais bon, je n'ai pas à me plaindre. J'habite...

– Vous habitez à Londres, à Baker Street avec un colocataire très sympa. Vous jouez du violon et vous aimez bien venir au secours des femmes en détresse. Oui, c'est une vie plutôt bien remplie, Sherlock.

– Moquez-vous, jeune insolente, dit-il en riant.

Il promena son regard dans le salon.

– Oh ! vous avez une machine à café !

– Servez-vous.

– Vous en voulez un ? Vous êtes plutôt *Ristretto* ou *Decaffeinato* ? demanda-t-il en clignant de l'œil, tout en se dirigeant vers le coin bar.

– Vous n'êtes pas sortable ! J'en ferai part à George, le gronda-t-elle en allant vers le salon.

Thomas finit son café et vint s'asseoir à côté de Liza.

– Revenons à notre affaire, dit-il très gravement, en se tenant le menton.

Elle s'efforça de ne pas rire car il prenait son rôle de détective au sérieux.

– On essaie de vous tuer d'abord à Paris puis ici à New York. Cet homme qui vous suit, que vous a-t-il dit quand il vous a abordé au bar ?

Liza lui décrivit la scène en tâchant de n'omettre aucun détail.

– Cela ne fait pas beaucoup d'éléments mais c'est un début.

– Désolée, je ne peux pas vous en dire plus.

– Ne le soyez pas. Un détective commence souvent avec de maigres indices. Réfléchissons ! Vous ne voyez vraiment pas qui pourrait vous en vouloir ?

– Non. J'ai forcément fait des envieux parmi les autres artistes mais de là à vouloir me tuer…

– Il faut retrouver cet homme ! Voici ce que l'on va faire. Je vais continuer à vous suivre. Voici mon numéro de portable. Appelez-moi si vous le revoyez, s'il se passe quoique ce soit ou si quelque chose d'important vous revient en mémoire. Même au milieu de la nuit.

– Merci Thomas. Merci Sherlock.

Chapitre 8

Liza avait rendez-vous à 10 heures avec Jane Wilson, l'organisatrice de son exposition, pour discuter de l'accrochage, de la mise en espace de ses œuvres. La veille, Justine McKay lui avait présenté tous les membres de l'équipe : les « filles » de M. Griggs. Liza trouvait ce surnom adorable.

Elle quitta sa chambre d'hôtel, en n'oubliant pas de suspendre l'accroche-porte *Please Clean the Room* à la poignée. Elle aurait le plaisir en fin de journée de retrouver sa chambre faite.

Elle marcha vers la galerie. L'air froid piquait son visage et la revigorait tout à la fois.

Elle entra, accueillie par un courant d'air chaud, se dirigea vers le bureau de Jane et frappa à la porte. Elle fut marquée par le contraste saisissant entre cette femme et le décor de la pièce. Elle était vêtue d'une robe longue aux énormes motifs floraux multicolores. Même pour Liza, pourtant habituée à la pratique quotidienne de la marche sur souliers à échasses, ses chaussures restaient un mystère. Semelles compensées, talons hauts, boucles et lanières massives. Leur couleur rouge criarde agressait presque le regard de la jeune peintre, pourtant adepte des couleurs chaudes. Sur chaque pointe, frimait une cerise rouge, énorme, on ne pouvait plus plastique. Dans son dos, figurait un triptyque de toiles toutes basées sur la couleur noire et dont les motifs, crânes et autres squelettes ou visages blêmes déformés de douleur ou d'effroi, rappelaient sans ambages la mortalité inéluctable de tout être vivant.

Pendant un instant, elle se rappela l'œuvre de Hans Holbein le Jeune, *Les Ambassadeurs*, qu'elle avait eu la chance de voir à Londres, et qui mettait en scène la fragilité de la vie. Cependant, là où la présence subtile de la mort était représentée par un crâne déformé, détail visible seulement selon l'angle oblique du regard de l'observateur, extraordinaire anamorphose réalisée de main de maître par le peintre allemand, les trois toiles du bureau n'étaient constituées que de la mort elle-même. Rien de doux ou d'apaisant ni figurait, aucun effet d'optique n'en diminuait l'impact : l'horreur pure.

Le crâne était la caractéristique principale des toiles appelées vanités à la Renaissance : elles étaient des portraits, voire un double portrait comme dans la toile d'Holbein, mais elles montraient des valeurs humanistes faites des choses de la vie quotidienne, toutes, symboliques du temps qui passe, mais rassurantes, alors que, dans ces trois toiles, le désespoir n'était que la seule pensée, et la mort la seule interprétation. Liza se sentait mal à l'aise devant cette femme si colorée en surface et si sombre en profondeur.

Elle repensa à l'homme du bar.

Elle l'avait trouvé beau. Elle avait aimé sa voix, douce et grave. Elle ressentait un frisson d'excitation, un fantasme coupable, un plaisir solitaire. Qui était cet homme qui semblait la suivre ? Elle voulait le revoir.

À l'hôtel, l'homme avait pénétré dans sa suite. Il délaçait ses cartons à dessin. Il caressait ses feuilles. Il touchait ses pinceaux, ses tubes de peinture à l'huile et prenait en main ses couteaux à peindre. Il sentait son parfum sur une étole abandonnée sur le canapé. Il se trouvait à côté de la coiffeuse où dormait son flacon d'eau de toilette et l'avait ouvert. Il en sentait la fragrance. Il regardait un tube de rouge à lèvres qui dépassait de la trousse de maquillage. Il ouvrait son armoire et frôlait de la main l'étoffe de ses robes. Il voyait ses bas et sa lingerie dans les tiroirs de la commode.

Jane Wilson continuait :

– Cet acte est crucial. Il relie l'œuvre à son artiste. Et puis c'est un moment de préparation de la rencontre entre l'artiste et le public, alors il ne faut surtout pas hésiter à… Vous m'avez écoutée ?

– Bien sûr, mentit Liza, qui tachait de se souvenir de ce que la femme à la robe colorée en face d'elle lui racontait. C'est juste qu'il y a beaucoup de choses à retenir.

– C'est évident, dit Jane sur un ton légèrement vexé. Parlons maintenant de l'éclairage. Comme vous avez pu le constater, nous avons déjà mis en place vos toiles et choisi un type de lumière. Seulement, si cela ne vous convenait pas, il faudrait me le dire, dit la jeune femme, en guettant la réaction de Liza.

Dans la salle de bains, il regardait son déshabillé accroché à une patère derrière la porte. Il se voyait dans le miroir. Qu'était-il en train de faire ? Qui était-il devenu ? Il se demandait encore pour quelle raison son supérieur ne lui avait pas dit pourquoi il devait la tuer. Il ne comprenait pas. Il n'y arrivait pas. Il devait obéir aux ordres mais il ne parvenait pas à avoir suffisamment de haine pour la tuer, à avoir envie de sang car elle n'était que douceur et féminité.

– Alors ? Cet éclairage vous convient-il ? Si vous le souhaitez, nous pourrions ajouter des filtres pour obtenir quelque chose d'encore plus proche de la lumière du jour, afin de rester fidèle aux couleurs. Tout dépend de votre choix d'artiste. Nous avons opté pour ce type d'éclairage en fonction de la perception que nous avons eu de vos œuvres : nous avons fait ce qui nous paraissait être juste. Cependant, je vous le répète, si vous souhaitez changer quelque chose, n'hésitez pas à nous le signaler. Son intensité ? Sa direction ? Sa coloration ? Chaque couleur possédant sa température. Alors ? En êtes-vous satisfaite ? finit-elle par dire devant Liza, qui ne réagissait pas.

Liza se réveilla soudain et se rappela l'incroyable sensation qu'elle avait ressentie en pénétrant la première fois dans la galerie.

– Oui. Très satisfaite. Je dois reconnaître que vous avez fait un travail remarquable. Non, vraiment. Ne changez rien. C'est parfait ainsi. J'ai été totalement émerveillée, dit-elle sincèrement. Je suis désolée pour ma distraction. Le décalage horaire, sans doute.

Chapitre 9

Dans l'ombre, il l'observait.

Elle se tenait accoudée à la rambarde de la terrasse de sa suite. Il lui suffirait de la pousser et c'en serait fini d'elle. La mission serait un succès et lui, rentrerait tranquillement à Paris. Une affaire de conclue. Fait divers à New York. Une femme tombe d'un gratte-ciel. Suicide ou accident ? Cela se lit tous les jours dans les journaux. Si seulement !

Elle était rentrée à l'hôtel. Il l'avait vue surprise de ne pas constater sa suite rangée et le lit fait. Elle s'était changée dans la salle de bains après sa journée à la galerie. Malgré le froid extérieur, elle était sortie sur la terrasse pour profiter de la vue sur les lumières de New York et avait laissé la pièce dans l'obscurité.

Il voyait sa façon gracieuse de poser ses doigts fins sur son verre de vin, sa tête légèrement penchée et surtout l'incroyable lumière qui émanait de tout son être. Elle possédait cette aisance bourgeoise, l'élégance naturelle de ceux qui n'ont jamais manqué de rien. Il se dit qu'elle faisait partie de ces gens qui vous attirent, qui vous arrêtent, des gens dont la beauté intérieure transparaît au dehors, que l'on ne peut s'empêcher de regarder quand ils entrent dans une pièce, des gens qui stoppent les conversations, vers qui l'on se retourne. Elle était l'un des ces êtres à part et il devait la tuer.

Il s'approcha d'elle sans bruit.

– Puis-je vous revoir ?

Elle sursauta et se tourna vers lui.

– Vous ? Comment êtes-vous entré ?

Ils restèrent un long instant à se regarder sans rien dire. La silhouette de Liza se détachait du panorama urbain : actrice de cinéma américaine tournant dans le décor d'un film à New York.

– Vous avez une fâcheuse tendance à vous faufiler comme un chat. Vous aimez donc surprendre les gens ? dit-elle en essayant de ne pas montrer ses émotions.

– C'est mon atout principal.

– Qui êtes-vous ? Pourquoi me suivez-vous ?

– Je ne vous suis pas.

– Pas de ce jeu-là avec moi ! dit-elle en haussant le ton. Je vous ai vu hier au coin d'une rue. Et un ami m'a dit que cela n'était pas la première fois. Alors qui êtes-vous ? Que me voulez-vous ? dit-elle finalement en colère.

Silence.

– Qui êtes-vous ? répéta-t-elle sur le même ton.

– Je ne peux pas vous le dire.

– Tiens donc ! persifla-t-elle. Vous ne pouvez pas ou vous ne voulez pas ?

– Je ne peux pas. Je n'en ai pas le droit.

– Bien, puisque c'est ainsi. Je vais appeler la sécurité.

Elle s'écarta de la rambarde et s'apprêta à rentrer dans la pièce.

– Mlle Devreau ?

Elle arrêta son geste. Il pointait son arme vers elle.

– Vous allez enjamber cette rambarde.

Liza se figea. Puis elle reprit ses esprits.

– Mais pourquoi ? Pourquoi voulez-vous me tuer ?

– Ce n'est pas ma décision. Je suis les ordres, simplement.

– De qui alors ?

– Je ne peux pas vous le dire.

– Allons ! puisque j'emporterai le secret avec moi, j'ai au moins le droit de savoir.

– Je ne peux pas.

Le vent se mit à souffler et la robe de Liza se souleva légèrement laissant entrevoir la naissance d'un bas. Il eut du mal à ne pas laisser tomber son pistolet, partagé entre l'envie de s'approcher d'elle ou de s'enfuir.

La porte de la suite s'ouvrit d'un coup.

Chapitre 10

– Encore vous ! dit Liza au journaliste, qui venait de faire une arrivée des plus remarquées dans la chambre d'hôtel. Vous jouez plusieurs rôles dans cette histoire. Journaliste, détective et garde du corps. Thomas, quel sera le prochain ?

– J'ai bien failli rater ce rôle cette fois-ci. Quelques instants de plus et je n'avais plus de partenaire pour jouer la scène si j'avais manqué mon entrée. Vous allez bien ?

– Oui, ça va. Merci beaucoup. Malheureusement il a pu s'enfuir.

– Merci, messieurs, pour votre intervention. Je vais prendre soin de Mlle Devreau. Bonne soirée, dit-il en se tournant vers les agents de la sécurité qui l'avaient accompagné.

– Très bien, monsieur. Le code d'accès de la chambre sera modifié et la sécurité va être renforcée. Bonne soirée à vous également.

– Venez Liza. Asseyons-nous. Il faut que nous parlions.

On frappa à la porte. Les deux Français se regardèrent.

– Vous croyez que c'est lui ? dit Liza, inquiète.

– Je ne le pense pas assez fou pour revenir ici. Cependant...

Thomas sortit un pistolet de sa poche.

– Je vois. Vous avez la panoplie complète, Sherlock. Vous avez réussi à vous procurer une arme ?

– Rien de plus facile aux États-Unis.

– C'est une arme américaine ?

– Mais non, malheureuse. Vous ne l'avez pas reconnu ?

Devant l'air perplexe de Liza, il ajouta :

– Un Walther PPK. L'une des armes de James Bond, bien sûr !

– James Bond est aussi un personnage de fiction, tout comme Sherlock Holmes : il n'existe pas.

– Ce que vous pouvez être terre à terre, dit Thomas en haussant les épaules.

– Mlle Devreau, tout va bien ? demanda la voix de l'autre côté de la porte.

– Allez ouvrir. Je vous couvre, dit Thomas tenant son arme à la manière du célèbre espion britannique.

Liza sourit à son garde du corps improvisé et se dirigea vers la porte de la suite.

– Qui êtes-vous ? demanda-t-elle en s'efforçant d'avoir une voix la plus assurée possible.

– Je suis le détective John Berkley de la police de New York. La sécurité de l'hôtel m'a prévenu. J'aimerais vous poser quelques questions.

Liza scruta le visage de Thomas en cherchant son approbation. Il opina de la tête.

– Je vous ouvre, dit-elle.

A peine entré, l'homme balaya la pièce du regard. Des années de pratique l'avait modelé : le chasseur était sur ses gardes. L'instinct qui assure la survie. Il portait l'uniforme bleu de la police de New York et était accompagné d'une jeune femme, elle aussi habillée de l'uniforme NYPD. Il la présenta comme étant une stagiaire.

– Je suis Liza Devreau et voici mon ami Thomas Rivard.

Ce dernier achevait de cacher son pistolet d'espion dans l'étui caché sous sa veste, tout en souriant bêtement.

– Je vous en prie, asseyez-vous, proposa Liza en montrant le canapé.

– Puis-je vous faire un café ? offrit Thomas en se dirigeant vers le bar. Vous êtes plutôt *Ristretto* ou *Decaffeinato* ? dit-il en s'adressant au détective de police et à sa stagiaire.

– Thomas ! le gronda Liza.

– Okay, okay, dit-il en feignant un air piteux.

– Pas de café, merci, répondit le policier.

– Je vous en prie. Vous permettez que je me fasse un *Ristretto* ? demanda Thomas en regardant Liza du coin de l'œil, l'air grivois.

Thomas était décidément un drôle de personnage. Liza ne put s'empêcher de sourire.

Le détective lui demanda si elle connaissait l'identité de l'homme qui l'avait agressée et l'invita à donner autant de détails que possible sur ce qui s'était passé. Elle lui raconta ce qu'elle avait révélé à Thomas. L'homme analysa la situation pendant quelques minutes, sans parler.

– Pour l'instant je ne peux rien faire d'autre que de vous recommander de rester sur vos gardes. Cet individu me semble être un professionnel, à en juger par la manière de s'introduire dans votre suite.

Aucune caméra de surveillance ne l'avait détecté. Il avait d'abord neutralisé la femme de chambre qui s'apprêtait à faire le ménage dans la suite pour lui subtiliser son badge d'accès. Il l'avait bâillonnée puis camouflée dans un placard à balais et avait ensuite attendu le retour de Liza.

– L'employée de l'hôtel s'en sort avec une bosse sur la tête et une belle frayeur. Elle n'a pas pu voir son visage. Heureusement pour vous, elle a été retrouvée à temps dans la soirée. Ils ont tout de suite prévenu la sécurité de l'hôtel, qui nous a aussitôt appelés, ainsi que votre ami qui avait demandé à être averti en cas de problème, continua le détective.

Liza regarda Thomas qui se mit à rougir comme un benêt, satisfait de son action.

– L'homme semble n'avoir qu'un seul objectif : vous, Mlle Devreau. Il va chercher par tous les moyens à accomplir sa tâche. Et pourtant, je ne comprends toujours pas pourquoi, en tant que tueur professionnel, il n'a pas utilisé un silencieux pour vous tuer quand vous étiez sur la terrasse ce soir. Pourquoi a-t-il cherché à vous faire sauter dans le vide ? Pourquoi a-t-il pris le risque de vous montrer son visage une première fois au bar et ensuite dans la rue et aujourd'hui encore alors qu'il lui suffisait de tirer de l'intérieur de la chambre pour vous atteindre sur la terrasse ? Pourquoi cherche-t-il tant à vous approcher ? Cet homme me surprend.

– Vous savez, les Français sont des gens surprenants, dit Liza qui essayait de retrouver son sens de l'humour. Je vous remercie, détective Berkley, dit-elle en lui tendant la main.

– Je vous en prie. Je ne fais que mon devoir. Courtoisie, professionnalisme et respect : la devise de notre police de New York. Au revoir Mlle Devreau. Soyez prudente. Au revoir M. Rivard, je dirai bonjour à George de votre part, dit-il en clignant de l'œil.

L'homme se dirigea vers la porte, accompagné de l'agent de police stagiaire, qui finissait de remettre son petit bloc-notes dans l'une des poches de poitrine de sa veste.

Une fois la police partie, Thomas s'approcha de Liza et lui demanda :

– Dites, Liza, vous croyez vraiment qu'il connaît George personnellement ?

– Mais bien sûr, Thomas. Et puis quoi encore ? *What else* ? Ce que vous pouvez être délicieusement naïf. Vous avez presque réussi à me faire oublier ma mésaventure pendant un temps.

Elle alla s'asseoir sur le canapé et enfouit son visage dans ses mains.

– Je suis fatiguée, soupira-t-elle.

Elle se leva et raccompagna le journaliste jusqu'à la porte.

– Ca va aller ? s'inquiéta Thomas. Vous ne voulez pas que je reste ?

Elle lui fit un baiser sur la joue.

– Non, ça va aller. Bonne nuit, Sherlock. Merci encore.

Chapitre 11

The Library. Le salon de l'hôtel lui rappelait sa maison qu'elle adorait, cette ancienne usine que son père, aidé de son équipe d'architectes et de décorateurs intérieurs parisiens avait réhabilité en habitation privée. Chez elle, les lieux avaient gardé les poutres en acier originelles et les murs en briques, conférant cette âme si particulière, cette atmosphère si unique.

Ici à New York, Liza retrouvait cette ambiance de loft où la modernité se mêlait à l'ancien. Les livres d'art et de design Taschen fleurissaient sur les étagères éclairées par une lumière douce. Les petits canapés moelleux meublaient la pièce avec raffinement : une ambiance feutrée qui incitait à la langueur et à l'oisiveté. Elle avait une envie irrépressible de défaire ses chaussures. Elle était ravie de profiter de l'un de ces lieux rares où l'on se sent bien dès que l'on en franchit le seuil. Elle était venue s'y réfugier et lisait la revue que publiait régulièrement l'Arbora Gallery et dans laquelle figurait un article sur son exposition, ainsi que quelques photos de ses toiles. Elle avait rendez-vous à 11 heures à la galerie pour rencontrer ses premiers acheteurs potentiels. Elle en était déjà très contente.

Thomas entra et s'assit à côté d'elle.

– Je vous trouve enfin. J'étais inquiet.

– Merci, dit-elle en souriant. Je vais bien. Je dois l'avouer, je suis encore un peu sonnée par ce qui m'est arrivé hier soir. Et vous ? Des indices ?

Thomas prit subitement l'air sérieux, hésita, et prit une grande inspiration.

– Liza, il faut vraiment que nous parlions.

– Je ne vous connaissais pas ce visage. Que se passe t-il ? Vous avez du nouveau ?

– Je ne suis pas celui que vous croyez.

– Voyons. Cessez vos enfantillages. Cessez donc de jouer tous ces rôles !

Mais Thomas gardait son air très sérieux.

– Je ne joue pas.

Elle se leva d'un bond.

– Pas vous. Que voulez-vous dire ? Que vous aussi vous allez essayer de me tuer ?

– Je vous en prie, asseyez-vous. Bien au contraire, je suis là pour vous protéger. C'est la vérité. Mais je ne suis pas journaliste et encore moins détective. Désolé, c'est tout ce que j'ai trouvé pour vous aborder. En revanche, je suis bien une sorte de garde du corps.

– Expliquez-vous ! Vous avez deux minutes car j'en ai plus qu'assez de tous ces gens qui me cachent leur identité ou qui me mentent.

– Je m'appelle bien Thomas Rivard et je suis franco-britannique, de père français et de mère anglaise. Je suis chercheur à l'Oxford University Medical School. J'ai pris deux billets d'avion et j'aimerais que vous m'accompagniez aujourd'hui en Angleterre.

– Rien que ça ? Vous me prenez pour une idiote ? Hors de question. Je suis attendue tous les jours à la galerie et j'irai quoi qu'il advienne. J'en ai assez de toutes ces histoires.

Elle se leva et se dirigea vers la porte du salon.

– Liza, s'il vous plaît, si vous restez à New York, je ne pourrai pas vous protéger indéfiniment. Écoutez-moi !

Au ton de la voix de Thomas, Liza stoppa son pas et se retourna.

– Mais de quoi parlez-vous ?

Il l'invita à revenir à sa place. Une fois installée, il lui tendit une lourde enveloppe en papier Kraft, que Liza, l'air perplexe, finit par ouvrir.

Des photographies, des dizaines de clichés. Liza tenant dans ses bras un lapin en peluche gris. Liza devant un car pendant une sortie scolaire. Liza en vacances en Italie dans les bras de son père. Elle reconnut son institutrice du primaire en CM2. Elle se vit photographiée devant ses premières toiles. Toute sa vie en papier glacé.

– Où avez-vous eu ces photos ?

– Je sais pourquoi on veut vous tuer.

– Qui êtes-vous ?

– Un jour ou l'autre, ce tireur vous éliminera et si ce n'est pas lui, ce sera un autre. Je ne peux pas vous laisser retourner à la galerie. Venez à Oxford, je vous expliquerai tout, une fois en sécurité.

– Je refuse !

Le visage de Thomas devint livide.

– Liza, je t'en supplie, viens avec moi. Viens avec moi à Oxford, je t'en conjure, prononça-t-il du bout des lèvres. Je n'ai pas fait tout ça pour rien. Pas pour te perdre maintenant.

– Que dites-vous ?

– Je m'excuse, je ne voulais pas être familier, dit Thomas en retrouvant sa contenance.

Il hésita un instant, puis tendit à Liza une autre enveloppe. Elle la repoussa de la main. Il insista et lui demanda de bien regarder.

D'autres clichés. Elle en fit glisser quelques-uns hors de l'enveloppe en soupirant. Les photographies la représentaient, mais elle ne reconnaissait ni les lieux ni les autres personnes. Elle s'arrêta sur l'une d'elles, se concentra sur une autre, puis revint à la première.

– Mais qui est cette femme ? Ce n'est pas ma mère ?

– Non, tout comme cette petite fille qui vous ressemble n'est pas vous.

– Expliquez-moi.

– Il faut d'abord vous mettre à l'abri à Oxford.

– Non ! Je vais appeler ma mère pour en savoir plus.

– Je vous le déconseille, dit Thomas calmement. Votre téléphone est sur écoute. Ils vous surveillent. Quittez New York ! Venez avec moi !

Elle se leva et fit quelques pas vers la porte.

– Liza, ce n'est pas un jeu, insista Thomas une dernière fois.

Chapitre 12

– Merci d'avoir accepté de m'accompagner, dit Thomas.

Pourtant Liza boudait encore. Les bras croisés, elle refusait de descendre du taxi qui les avait emmenés de la gare d'Oxford à l'université. Ils arrivaient de Londres où ils avaient atterri quelques heures plus tôt. Thomas trouvait qu'elle avait l'air charmant et drôle d'une petite fille fâchée. Le taxi attendait.

– Ne faites pas l'enfant. Descendez de cette voiture.

– Oh, vous savez, moi, du moment que le compteur tourne, prenez votre temps, je... commença le chauffeur.

– Oui, oui merci, le coupa Thomas.

Liza persistait et fulminait.

– Je viens de quitter New York où ma première vraie exposition m'attend. Pour quoi ? Pour qui ? Pour un type mythomane qui se prend pour Sherlock Holmes et qui m'a menti depuis le début. J'aurais dû lui demander sa carte de presse à notre première rencontre. Innocente que j'étais ! Et moi, la petite oie blanche, je lui fais confiance. Un imposteur. Voilà ce qu'il est. J'aurais dû m'en méfier. Et qu'est ce que je fais encore ? Je l'accompagne. Je suis complètement inconsciente d'avoir dit oui. Après tout ce qui m'est déjà arrivé, finalement je suis le premier inconnu qui passe. J'aurais dû accepter les bonbons en plus ! Idiote. Je suis idiote.

– *Curiosity killed the cat*, lui répondit Thomas.

– Quoi ?

– C'est un proverbe anglais qui veut dire : la curiosité est un vilain défaut. En Angleterre on dit que la curiosité a tué le chat.

– Merci. C'est très rassurant. Vous me remontez le moral.

– Ce que je veux dire c'est que vous aviez envie de connaître la vérité.

– Cela paraît normal, non ? Vous n'êtes qu'un sombre abruti ! Mettez-vous à ma place, il y a de quoi être perturbée. Et d'ailleurs, dans l'avion vous m'avez dit d'attendre notre arrivée pour tout savoir. En conséquence, je n'irai pas plus loin. Je vous écoute.

Liza croisa les bras, ne bougea plus et fixa Thomas.

– Pas encore. Bientôt. Je voudrais vous montrer quelque chose, cela vaudra tous les discours. Patience et longueur de temps font plus que force ni que rage.

– Oh vous ! avec vos proverbes. On dirait maître Yoda. Moi aussi je peux m'y mettre ! On n'est jamais trahi que par les siens. Vous allez attendre le bon moment pour me planter un couteau dans le dos, Brutus. Chose promise, chose due. J'attends toujours vos explications. C'est la goutte d'eau qui fait déborder le vase. J'en ai plus qu'assez de tous vos mensonges. Et méfiez vous de l'eau qui dort. Car j'ai l'air calme comme ça mais j'en ai sous le capot.

Thomas et le chauffeur de taxi, qui avaient tous deux fini par descendre du véhicule, attendaient les bras croisés, côte à côte, le dos appuyé à la voiture, un sourire aux lèvres, que la vestale devenue harpie se calme enfin.

Liza se stoppa net quand elle s'en rendit compte.

– J'ai vraiment l'air d'une imbécile.

– Non, non. Vous êtes charmante, dirent en chœur les deux hommes, qui se mirent à rire.

– Allons-y ! dit-elle en glissant ses longues jambes hors du taxi. Et ne vendez pas la peau de l'ours avant de l'avoir tué, lança-t-elle à Thomas en lui faisant une grimace. Je veux savoir qui vous êtes vraiment.

Chapitre 13

L'université d'Oxford était encore plus belle qu'elle se l'était imaginé. Un voyage dans le temps, un bond dans le passé à une portée d'ailes d'avion et de voies de chemin de fer. Des siècles d'architecture, une multitude de têtes pensantes célèbres, des rêves et des destins fabuleux entre ses murs fortifiés. La cité rayonnante aux 39 collèges, constituant l'une des plus prestigieuses universités au monde. La plus ancienne université britannique, l'élite anglaise. Liza se laissait submerger par la majesté des lieux. Oubliant la raison de sa visite, elle se tenait, émerveillée, devant l'une des monumentales entrées de la cité aux clochers rêveurs.

– C'est là où vous travaillez ?

– Plus précisément dans le département des sciences médicales. Et si vous êtes sage, jeune fille, lui promit Thomas, je vous ferai visiter l'Ashmolean Museum : c'est le plus ancien musée du Royaume-Uni. Des dessins de Raphaël, Michel-Ange et Léonard de Vinci côtoient des tableaux de Piero di Cosimo, John Constable, Claude Lorrain et même de Pablo Picasso. Je suis sûr que vous seriez ravie de les admirer. Venez, entrons.

Liza suivait Thomas. Elle ne cessait de tourner la tête afin de tout enregistrer. Elle étudia même de très près un pilier gothique, qui ne s'émut pas de la voir. Le nez de Liza, quant à lui, fut un peu plus touché par cette rencontre. La jeune femme se sentait frustrée de n'avoir pas plus de temps pour profiter des merveilles qu'elle croisait. Ils traversèrent une bibliothèque gigantesque aux poutres noires apparentes, ornées de ravissantes volutes peintes puis Thomas appela un ascenseur camouflé dans les boiseries. Une fois à l'intérieur, il programma le troisième sous-sol.

Le lieu contrastait avec les étages supérieurs. On passait du Moyen Âge au vingt-et-unième siècle : une modernité froide et blanche, sans âme, éclairée au néon, en totale opposition avec les murs boisés de chêne et les salons anglais. Ils marchèrent un long moment dans cette galerie creusée sous l'université, ouvrant de nombreuses portes grâce au badge-pass de Thomas.

Ils pénétrèrent dans une salle remplie d'ordinateurs dont les écrans montraient graphes, courbes et diagrammes circulaires. Les tours bourdonnaient comme une multitude d'abeilles ouvrières autour de la reine et il faisait une chaleur animale : une intelligence artificielle au service de l'homme. Une vitre qui couvrait la totalité du mur derrière les ordinateurs laissait voir des paillasses équipées de microscopes sur lesquels étaient penchées des blouses blanches, armées de pipettes.

– Il faut changer et passer au Mac. Vous gagneriez de la place et ce serait moins bruyant. Sans parler du design, ne put s'empêcher de dire Liza, qui était une fidèle de la pomme croquée.

– J'aime bien mon PC.

– Oui, mais je vous taquine.

– Venez ! Allons dans une autre pièce, je voudrais vous présenter l'un de mes meilleurs amis.

Thomas se dirigea vers un Digicode. Les portes s'ouvrirent sur un univers feutré. Un grand fauteuil usé en cuir fauve trônait devant un bureau ministre posé sur un tapis en laine aux motifs délicats. Au-dessus, était accrochée la reproduction d'un tableau à l'huile sur toile de Turner : *le Dernier Voyage du Téméraire*. Le majestueux bateau à voile, jadis navire de lignes de deuxième rang, héros capital dans la bataille de Trafalgar, était tiré par un remorqueur à vapeur, noirci et sale, sur fond de soleil couchant. Orange flamboyant mêlé de bleu. Passation de pouvoirs, l'ancien monde cédant le pas à la modernité. Tomber de rideau. Applaudissements. Acte suivant.

Le chercheur surprit le regard de Liza, qui s'était arrêté sur le tableau.

– Turner, peintre talentueux, l'un des précurseurs de l'impressionnisme, fasciné par la révolution industrielle et qui fut la risée de ses contemporains, s'exclama Thomas. Ce n'est pas facile d'imposer des idées nouvelles. Ah ! que j'aime cette œuvre ! Elle me rappelle qu'il faut avancer avec son temps. A l'époque des clippers, au temps de la Cutty Sark, il fallait une année entière pour aller chercher le thé en Asie. C'était long et risqué. Quand les bateaux à vapeur sont arrivés, les marchands ont gagné un temps précieux et les bateaux à voile sont tombés en désuétude. Il faut suivre le courant de la modernité. Tout réside dans la différence de points de vue : déclin ou progrès, nostalgie de ce qui était ou réjouissance pour la nouveauté. Quelle vision choisissez-vous ?

– Je suis une éternelle optimiste. Et donc, comme moi, vous aussi, vous allez changer d'ordinateur, dit Liza, d'un air espiègle. Et Liza Devreau peindra le dernier voyage du PC en pleine révolution informatique, son dernier clic de souris avant la déchetterie sur fond de soleil couchant ! déclama-t-elle la main sur la poitrine.

– Ce que vous pouvez être embêtante, dit-il en haussant les épaules.

Liza parcourut la pièce du regard.

– Alors c'est ici votre bureau, Sherlock ?

– Élémentaire, mon cher Watson. Oui, ceci est mon domaine, mon refuge. J'ai réussi à faire admettre à l'administration que pour réfléchir, j'avais absolument besoin d'un endroit comme celui-ci pour me recentrer, pour ne pas oublier mon objectif.

Thomas se dirigea vers un aquarium et invita Liza à le rejoindre.

– Liza, j'ai l'insigne honneur de vous présenter Nautilus. Nautilus, voici Liza. Cette charmante jeune femme a beaucoup de points communs avec toi. Et je ne veux pas seulement parler des yeux globuleux et des poils dans les oreilles.

Elle s'empara d'un livre posé sur le bureau et fit semblant d'en frapper Thomas sur la tête.

– Je ne vous permets pas.

– Liza, plus sérieusement, vous avez de nombreuses

ressemblances.

Il prit les mains de la jeune femme et la regarda dans les yeux.

– Vous me faites confiance ?

Elle acquiesça et se détesta : elle était certaine de commettre une chose insensée.

– Sinon je ne vous aurais pas suivi, dit-elle à contrecœur.

Chapitre 14

Thomas prépara deux tasses de thé très chaud avec du lait et beaucoup de sucre et invita Liza à s'asseoir dans le large fauteuil anglais. Il prit une chaise, hésita un petit moment, respira profondément et se lança.

— Elle s'appelait Emma.

Il fit une pause. Liza patienta, silencieuse.

— Ma fille.

Une larme perla au coin de ses yeux.

— A sa naissance, les médecins ont découvert qu'elle avait une anomalie génétique : une malformation cardiaque qui lui a été fatale.

Il s'interrompit. Il regardait Liza, semblant puiser dans ses yeux la force nécessaire à la poursuite de son récit.

Ce qu'il avait ressenti à l'époque l'avait anéanti. Il avait failli tout perdre : d'abord sa femme, puis son travail qu'il avait conservé de justesse. Il ne pouvait plus sortir de l'obscurité, de cette envie d'autodestruction qui lui tenaillait les entrailles et qui le poussait à un suicide lent.

— Par chance, le naufragé que j'étais a échoué sur une île où l'espoir avait fait escale. Cela va vous paraître étrange, mais cette bouteille à la mer s'est présentée à moi sous la forme d'une sirène.

Éberluée, Liza regardait Thomas. Elle le savait farceur mais elle se demanda s'il n'avait pas sombré dans la déraison.

– Oui, Liza, une sirène ou presque, continua-t-il, amusé de l'expression sceptique sur le visage de la jeune femme. Un amphibien. Un Ambystoma Mexicanum, ou plus familièrement un axolotl dont Nautilus est l'un des représentants. C'est un adorable petit animal absolument fantastique qui est doué de régénération : il possède en effet la capacité de faire repousser ses membres par épimorphose.

– C'est un terme pratique à placer dans une soirée branchée, dit Liza amusée.

– Vous avez raison, approuva Thomas en riant. Les cellules se trouvant sur le moignon se dédifférencient, c'est-à-dire qu'elles reviennent à l'état de cellules souches qui sont capables de donner n'importe quelle autre cellule. Elles se multiplient et une fois assez nombreuses se différencient à nouveau pour reformer le membre sectionné. C'est tout simplement prodigieux ! Et cela, quelque soit son âge. Il garde en permanence des caractéristiques juvéniles tout en ayant la capacité de se reproduire.

Thomas demanda à Liza de s'imaginer l'espèce humaine capable de faire la même chose. Telle personne sortirait amputée d'un accident de la route et posséderait le pouvoir de faire repousser le bras manquant, telle autre pourrait retrouver la vue après une cécité survenue à la suite d'une maladie dégénérative, une autre encore pourrait remplacer un organe cancéreux par un organe sain. Une longue liste.

– Cependant, bien que nous puissions régénérer un peu de notre épiderme par exemple, nous ne sommes pas doués de la même capacité. Ainsi, nos cellules ne peuvent pas revenir en arrière, inverser le processus : une cellule une fois adulte ne peut redevenir cellule souche. Elle reste spécialisée et ne peut donner un autre type de cellule. En tout cas, pas de manière spontanée. C'est sur ça que nous nous sommes penchés. C'est au stade embryonnaire où les cellules souches humaines donnent naissance aux différentes cellules de notre organisme que nous avons décidé d'agir.

– Oui mais, quel lien avec moi ? Je ne suis pas un Ambystoma Mexicanum.

– Non, bien sûr. J'y viens. Patience et longueur de temps…

– … font plus que force ni que rage. Ça y est ! Maitre Yoda : le retour ! Allez-y ! je vous écoute, dit Liza en soupirant.

Thomas lui sourit et poursuivit. Il lui expliqua qu'il s'était juré de faire tout son possible afin que d'autres parents ne puissent pas connaître l'épreuve qu'il avait traversée. Il lui raconta son rêve d'un monde sans anomalies génétiques, sans caprices chromosomiques, sans cancers. Pendant de nombreuses années, aidé de son équipe de chercheurs, il avait travaillé dur, nuit et jour, sans relâche, pour trouver le saint Graal, le précieux sésame qui leur ouvrirait les portes de la perfection. Leurs progrès étaient considérables. Et puis un jour, ils avaient été capables de créer un être humain à partir de cellules souches humaines, et pas seulement de régénérer un organe ou un membre comme l'axolotl, mais de créer un être entier.

— Un projet, ô combien insensé et risqué mais ô combien grisant ! conclut le chercheur en se levant de sa chaise. Et c'est là que vous entrez dans l'histoire, c'est de cette manière que vous êtes née, Liza. Pour moi, vous êtes un prodige de la nature.

Le prodige de la nature regardait Thomas, l'air ahuri. Liza venait de découvrir qu'elle était un clone. Le résultat de recherches sur la génétique avait grand mal à digérer l'information.

— Un clone, je suis un clone, répétait Liza pensivement.

— Oui Liza. Et ce qui est encore mieux. C'est que vous êtes encore vivante !

— Thomas ? Ce qu'il y a de bien avec vous, c'est votre tact. Je suis certaine que vous seriez capable de geler le soleil rien qu'avec vos gaffes et votre maladresse.

— Désolé, dit-il l'air piteux, mais j'en viens au fait. Vous vous souvenez de Dolly, la brebis clonée il y plusieurs années de cela ?

— C'est bien ce que je disais. Un vrai boute-en-train ! Maintenant, il me compare à une brebis. En plus, Dolly est morte peu de temps après. C'est fou ce que ce type est réconfortant !

— Voyons, tout d'abord, je ne vous compare pas à une brebis. Ah mais ! laissez-moi finir !

Ils se regardèrent en silence, chacun lançant des éclairs à l'autre. Liza soupira à nouveau et croisa les bras.

Trois brebis avaient été nécessaires : une première pour extraire le noyau de l'une de ses cellules, une deuxième pour fournir un ovocyte énucléé dans lequel le noyau extrait avait été introduit et une troisième pour implanter l'embryon de Dolly.

– Il est malheureusement vrai qu'elle avait fini par mourir car elle avait vieilli prématurément. Mais cette fois-ci, s'enflamma le chercheur. Cette fois-ci, nous avons réussi. Liza, vous êtes parfaite ! Oui, aucune anomalie ne vient noircir votre portrait. Un sans-faute génétique. A mes yeux de chercheur, vous représentez l'espoir d'une humanité qui se bat contre le cancer et les maladies géniques. Et à mes yeux de père, vous représentez l'espoir que je n'ai pas eu pour ma fille. Vous vous rendez compte de cette avancée technologique ?

– Oui, je suis aux anges, dit Liza en faisant une moue qui contredisait ses paroles. Là où vous voyez un progrès scientifique, moi je vois un cataclysme dans ma vie privée. Vous réalisez que vous êtes en train de me démontrer que mes parents ne sont pas mes vrais parents ?

– Pour être plus exact : ce ne sont pas vos parents biologiques mais ils sont vos parents, votre vraie famille, Liza.

– Oui, cela fait toute la différence, railla-t-elle. Mais j'ai vu des photos de ma mère enceinte. Je les ai vues. J'en suis certaine.

– Oui, votre mère attendait bien un enfant mais ce n'était pas vous. Elle ignore tout.

– Alors qu'avez-vous fait, Thomas ? Où se trouve l'enfant de ma mère ?

– Eh bien, nous avons échangé les bébés à la maternité et...

– Quoi ?! hurla Liza en se levant du fauteuil.

– Nous l'avons confié à une autre personne, une femme qui ne pouvait pas avoir d'enfant.

– Et cette femme le sait ?

Ils avaient préféré ne rien lui dire, leur projet étant bien évidemment secret. Ils l'avaient sélectionnée parmi de nombreuses candidates qui avaient constitué un dossier d'adoption. Ils tenaient à être certains que le bébé de la mère de Liza soit bien accueilli. Le jour de l'accouchement, la femme était venue chercher le nouveau-né à la maternité.

– Que lui avez-vous dit sur l'origine du bébé ?

– Qu'il venait d'une famille qui avait déjà quatre enfants et qui ne pouvait pas s'occuper d'un cinquième.

– Mon Dieu ! maman. Pendant toutes ces années ! Ainsi vous lui avez pris son bébé.

– Pour qu'elle s'occupe de vous comme de son propre enfant. Nous voulions poursuivre l'expérience jusqu'au bout de notre logique. Votre mère n'est au courant de rien. Pour elle, vous êtes sa fille.

Thomas alla s'asseoir dans son fauteuil.

– Je dois vous avouer autre chose.

Peu de temps avant le départ de Liza pour New York, le chercheur avait reçu dans sa boite aux lettres, une enveloppe contenant les photographies d'une femme ressemblant trait pour trait à Liza. Elles étaient accompagnées d'une lettre manuscrite en provenance d'Ukraine, que Thomas tendit à la jeune femme.

– Lisez cette lettre. Vous avez le droit de savoir. Même si cela m'en coûte.

Chapitre 15

Kiev, le 26 novembre 2018

Cher Thomas,

Je suis persuadé que le contenu de cette lettre te passionnera au plus haut point.

Faisant un peu de rangement dans les placards de l'université, suite au départ non planifié et précipité de mon très peu regretté prédécesseur, il se trouve que j'ai trouvé des documents tout à fait explosifs : la preuve que le clonage humain est possible. Quelle n'a pas été ma surprise ! Car bien sûr le clonage reproductif est officiellement interdit dans la plupart des pays. Qui avait bien pu jouer avec le feu de la création ?!

Comment as-tu osé ? Ne devais-tu pas te contenter de tes recherches sur la thérapie génique ? Le gentil Thomas s'est laissé griser par son envie de bien faire, le gentil Thomas, qui venait de perdre sa gentille petite fille. Quelle tragédie ! Alors il en a créé une autre. Comme c'est touchant ! Mais voilà ! Tu as été démasqué, Sherlock !

J'imagine bien la question que tu te poses. Comment ce fait-il que je connaisse autant de choses sur toi ? Comment est-ce possible que ces documents aient atterris en Ukraine ?

Installe-toi confortablement. Fais-toi une bonne tasse de thé, tu en auras besoin. Ça y est ? Tu es prêt ?

Eh bien ! le monde est ainsi fait. Quelques personnes bien pensantes, ou malfaisantes, tout dépend, bien entendu, du point de vue où l'on se place, ont eu l'idée de t'espionner. Les vilains personnages ! Et c'est ainsi que pendant que tu mettais au point ton adorable bébé clone, d'autres copiaient les résultats de tes recherches et volaient un embryon fait des mêmes cellules que ta Liza, qu'ils implantèrent dans une autre mère porteuse. Ce bébé fut ensuite adopté par une personne dévouée qui se désespérait de ne pouvoir être mère. Un conte de fée ! De cette manière, une femme avait le bonheur d'avoir un enfant et eux, possédaient la preuve vivante de leur succès. Ils avaient les moyens de reproduire un être humain à volonté, les documents dormant depuis une vingtaine d'année dans des armoires en métal, dans des archives oubliées des femmes de ménage. Au cas où.

Je t'entends Thomas, j'entends ta question. Où se trouve ce deuxième clone, devenu jeune femme aujourd'hui ?

C'est un membre du gouvernement russe de l'époque qui avait eu vent de tes recherches, grâce à un service de renseignement efficace. La Russie, qui t'a surveillé et que tu as su convaincre, à ton insu, de l'importance de ta découverte. Ainsi Marya Anissimova habite dans une petite ville située à côté de Moscou. Tu as pu admirer ses photos. Elle est très belle, n'est-ce-pas ? Tout comme Liza.

Quant à moi, qui suis-je ? Pourquoi maintenant ? Quel est mon but ? Quel est l'élément déclencheur de cette histoire ? Qui a trahi ce secret ? Qui d'autre connaissait l'existence de tes recherches ? Allez ! cherche ! J'entends ton imagination qui s'emballe : « Le directeur de mon département ? Non, pas lui. Il est trop intègre. Quoique... L'un de mes collaborateurs ? George, peut-être... Il a toujours eu l'air louche. C'est lui, j'en suis sûr... » Tu suspectes tout le monde ? Dur de se sentir trahi !

Allez ! réfléchis encore !

Bon, je te donne un indice : c'est une femme. Une petite idée ? Non, pas celle qui t'a quitté. Une autre. En qui tu avais toute confiance, triée sur le volet. Eh oui ! celle-là ! Ta tendre et dévouée donneuse de cellules. Encore une femme qui t'abandonne. Tu n'as décidément pas de chance avec la gente féminine ! Fille, épouse, donneuse... Je suis cynique ? Réaliste ? Je mets le doigt là où ça fait mal ? Allez ! j'arrête.

Ainsi la femme à l'origine de Liza est venue trouver celui que je remplace ici, en Ukraine. En fouillant dans les tiroirs, j'ai compris qu'elle lui avait vendu les résultats de tes travaux, il y a un mois. Et il avait accepté, trop content de s'approprier une telle découverte. Ce qu'il ignorait, c'est qu'il allait se faire remercier très peu de temps après, avec interdiction absolue de remettre les pieds dans l'université. Et c'est moi qui suis l'heureux bénéficiaire de ton talent et de ta bonté, mon très cher Thomas.

Seulement je ne suis pas toi. Sache que s'il fallait quelqu'un sur qui il ne fallait pas tomber, c'était bien moi. Moi, que tu as connu pendant tes années d'études de médecine, moi à qui tu as volé le poste qui me revenait de droit, cette place prestigieuse que tu occupes actuellement à l'université d'Oxford. Rancunier ? Tout à fait ! Et je suis loin de posséder ta grandeur d'âme, ton humanisme. Je suis plus terre-à-terre et surtout mes amis et moi avons envie de faire une petite farce à la Russie. Un petit scandale.

Alors, tu imagines mon emballement. C'est tout juste ce qu'il nous faut pour provoquer un petit bouleversement géopolitique. Pense aux gros titres ! La presse internationale qui s'embrase. « La Russie a créé un clone humain ! » Et en fouillant bien ou en les aidant un peu, les journalistes s'apercevront qu'il y a deux clones, une jeune femme russe et une jeune femme française, créées à Oxford. Effet garanti, cela jettera le discrédit sur la Russie, la France et la Grande Bretagne. Les trois pays se sont alliés et ils ont enfreint la loi. Rajoute à tout cela des photos des deux femmes clones en première page. Le petit plus : elles sont mignonnes. Deux monstres femelles aux allures de déesses. Deux jeunes aberrations génétiques au visage d'ange. Deux sirènes sorties des abîmes de l'actualité. Il faudra donc aussi montrer donneuse et clones réunies, les exhiber. Dans la presse écrite, la télévision, Internet. Et comme tout ce qui est posté sur les réseaux sociaux prend un goût de vérité, sans même en avoir vérifié la source, le tour est joué. Ça fait le buzz et tout le monde y croit.

Il suffit de lancer une rumeur, un article bien alléchant, accompagné de quelques photos choc et le tour est joué. Les gens ont tellement d'imagination. Tous ces gens honnêtes, c'est tellement pratique de critiquer. Tellement bon. « Tu te rends compte de ce qu'ils ont faits ?! Des clones, et s'il y en avait d'autres ? » On imagine le pire. La traite des blanches, un trafic d'organes, une armée secrète, tout s'accélère. « Ce serait tellement horrible. Des années qu'on nous ment, qu'on nous manipule ! » Tous ces gens au visage outré, tordu par le dégoût envers leurs congénères qui ont osé faire ça. Bien sûr, eux n'ont rien à se reprocher. On ne parle plus que de ça, chez le coiffeur, chez le boucher, au bar, entre collègues. Cela permet d'oublier les malheurs de son quotidien. Les actualités, ce sont les jeux modernes. Du pain et des jeux, du pain et des infos, voilà ce que réclame le peuple et tout le monde est content. Un peu de guerre, un peu de sexe, un peu d'amour et de beaux sentiments, un peu de terroir et de région, un peu de sport de balle sur une pelouse verte et des scandales financiers et hop ! c'est fait, les gens font de beaux rêves.

À la seconde où tu recevras cette lettre, le jeu sera commencé. Au même moment, les trois pays concernés liront mes menaces, et n'auront de cesse de faire disparaître toutes les preuves de l'existence du clonage humain, y compris les preuves vivantes. Pourquoi prendre le risque de les prévenir ? Pour corser le jeu. Pour la beauté du sport. Où est le plaisir de gagner quand c'est trop facile ? De notre côté, nous chercherons par tous les moyens à kidnapper les deux jeunes femmes que nous éliminerons une fois leur rôle scientifique et médiatique rempli si, bien entendu, elles n'ont pas été tuées avant.

Comme je suis beau joueur, je te préviens aussi, pour que tu tentes de sauver Liza. Je tiens à te voir remuer ciel et terre pour la protéger. Et comme il ne peut y avoir d'autre issue que sa mort, j'aurais grand plaisir à te voir sombrer avec elle.

Ton dévoué rival

Andriy Didenko

Chapitre 16

La tasse de thé de Liza se fracassa sur le sol. Une explosion liquide couleur caramel se répandit, éclaboussant le tapis en laine de Thomas. Mille morceaux de vie en porcelaine fine. Liza venait de réaliser qu'elle était condamnée. Elle laissa échapper la lettre qui s'envola et qui vint finir sa course dans la petite flaque de thé. Le papier se gorgea instantanément de liquide et l'encre se dilua. Tout devint flou dans son esprit. Elle voulait s'enfuir, se terrer, disparaître. Oublier. Retrouver sa vie d'avant. Ne plus penser, ne plus réfléchir. S'effacer du monde. Être oubliée.

– Liza, implora Thomas. Je suis tellement désolé.

Mais la jeune femme ne l'entendait pas. Sa tête bourdonnait. Elle regardait le thé qui pénétrait dans ce morceau de papier qui symbolisait la fin de sa vie.

– Mais ils ne peuvent pas tuer quelqu'un comme ça, dit-elle dans un souffle.

Elle imaginait la scène : de belles obsèques. Des officiels. Larmes aux yeux, air contrit et poignées de main fermes et réconfortantes. « Une si charmante jeune femme. Nous sommes désolés, M. et Mme Devreau, une regrettable méprise. Un ordre mal interprété, le coupable sera, bien sûr, sévèrement puni. Ne vous inquiétez pas. Tout rentrera dans l'ordre. » Quelques petits fours, une heure de présence pieuse et les parents se retrouvent seuls, éprouvant le vide atroce de survivre à leur enfant.

Quelqu'un frappa à la porte du bureau de Thomas. Un homme vêtu d'un élégant costume gris foncé et d'une chemise bleu ciel entra, suivi de deux autres hommes. Tous trois se dirigèrent droit sur Liza, qui se leva d'un bond et chercha un moyen de s'enfuir.

— Pardonnez-moi, je ne voulais pas vous effrayer. A ce que je vois, Thomas vous a mise au courant. Vous ne craignez rien. Vincent Ashfield. Je dirige ce département. Voici Andrew, mon secrétaire et Ethan, mon garde du corps. Comme je suis heureux de vous voir, ma chère Liza, dit l'homme d'une voix claire et posée.

Arborant un large sourire, il tendit la main mais la jeune femme interrogea Thomas du regard.

— Vous pouvez lui faire confiance. Vincent est l'un de mes meilleurs amis.

Elle refusa de lui serrer la main.

— Vous cautionnez ce qu'a fait Thomas ? A cause de vos petites sorcelleries, je suis en danger de mort. Comment pouvez-vous avoir l'air aussi détendu ?

— Sorcelleries ? Le mot est inadéquat. J'ai toujours eu pour objectif de trouver des solutions médicales pour faciliter la vie des gens. Quand Thomas est venu me présenter son projet, je l'ai soutenu d'emblée et ma position n'a pas changé depuis.

– À n'importe quel prix ?

– Toute chose a un prix.

– En kidnappant un enfant ? En jouant ma vie au poker ?

– Pour ce qui est d'enlever un enfant, c'est vrai mais nous n'avons tué personne. Bien au contraire, nous avons seulement influencé le destin, nous avons joué avec le fil des Parques et changé la destinée de deux enfants.

– Ce que vous avez fait est tout simplement monstrueux. Vous ne réalisez donc pas la gravité de vos actes ?!

– Liza, réfléchissez. C'est une découverte majeure.

– Croyez-vous que la science justifie tous les moyens ?

– La question est pertinente. Si la réponse est négative, alors vous ne devriez pas exister, sans la science vous ne seriez pas là. Et vous Liza, hésiteriez-vous s'il s'agissait de sauver votre bébé ? Que feriez-vous si vous appreniez que l'enfant que vous attendez est atteint d'une maladie qui lui sera fatale ? Accepteriez-vous les progrès de la science ou le laisseriez-vous mourir ?

Elle ne répondit rien et soupira.

– Liza, dit Thomas avec une voix douce, Thibaud d'Étampes, le fondateur présumé de cette université, en se heurtant aux moines d'Abington, s'est battu pour la transmission du savoir. Au Moyen Âge, les médecins étaient obligés de se cacher pour exercer leur art et il y a très peu de temps encore on mourait de la rage, du tétanos, de pneumonie, des maladies que l'on peut éviter ou soigner maintenant. Grâce à l'abnégation de nombreuses personnes, la découverte des vaccins et des antibiotiques a sauvé de nombreuses vies.

Songeuse, elle se tut un instant puis demanda à Thomas :

– Les premières photos que vous m'avez montrées à New York, c'est vous qui les aviez prises ? J'ai été espionnée depuis ma naissance comme une bête de foire, comme un cobaye de laboratoire.

– Non, nous vous regardions seulement vivre de loin, à la façon de parents éloignés, et nous étions très heureux de suivre tous vos progrès : de vos premiers mots jusqu'à vos premières toiles, s'émut Thomas.

– Nous voulions savoir si vous alliez bien. Et quelle belle jeune femme vous êtes devenue, renchérit Vincent.

– Pourquoi ne pas avoir publié les résultats de vos recherches à l'époque ? Pourquoi ne pas avoir annoncé ma naissance ?

Vincent tourna la tête vers Thomas et le laissa répondre.

– Nous nous serions heurtés à la bioéthique. Officiellement, le clonage humain n'existe pas, il est illégal. Et même en montrant l'adorable bébé que vous étiez, les gens n'auraient pas compris l'intérêt de notre découverte. L'opinion publique n'était pas prête. Les gens ont peur des nouveautés scientifiques. L'obscurantisme n'est pas mort.

– Alors comment avez-vous fait pour entreprendre ces recherches malgré les risques et tout en sachant que vous ne pourriez pas rendre cela officiel ?

Vincent et Thomas se sourirent, complices.

– Les flous juridiques concernant toute nouvelle découverte scientifique sont propices aux abus, commença Vincent. En Europe, les législations concernant le clonage étaient très variables à l'époque. Par exemple, en France, la loi de 2004 interdisait formellement le clonage thérapeutique. En revanche, il était autorisé en Angleterre. Nous avions trouvé une parade parfaite. Les risques en valaient la peine. Vous en valez la peine, insista le scientifique, l'air satisfait. Nous avons pensé que tout cela était une question de temps, qu'un jour viendrait.

– Grâce au clonage, par exemple, un couple stérile pourrait obtenir un enfant cloné à partir des cellules de la mère ou du père. Vous vous rendez compte de tout ce temps perdu, de tous ces couples qui auraient pu avoir un bébé ? reprocha Liza.

– Ce n'est pas si simple. Si vous saviez le nombre de menaces de mort que nous avons reçues dès que les gens ont connu le sujet de nos recherches. Même ici en Angleterre, nous nous sommes heurtés à des groupes de pression, qui ont imaginé un clonage thérapeutique dérapant en clonage humain, déplora Vincent. Comme je vous l'ai dit, l'opinion publique s'embrase vite. Trop vite.

Ce dernier se tourna vers Ethan, qui sourit tristement.

– Depuis ce temps, Ethan me suit comme mon ombre. Et maintenant, la situation est devenue critique.

Vincent et Thomas se regardèrent. Ce dernier fit signe à son ami, qui se cala dans le fauteuil au haut dossier et larges accoudoirs, tandis que Andrew et Ethan prenaient une chaise.

Ancrée au milieu de la pièce, tête baissée, Liza tentait de se battre contre les sentiments de désespoir et de révolte qui l'assaillaient. Elle se mit à haïr ces hommes qui avaient joué avec son existence.

Puis, elle releva la tête : elle voulait en savoir plus.

Vincent continua.

– Afin d'augmenter le nombre de chercheurs talentueux ainsi que nos capacités financières, nous avons travaillé en secret en partenariat avec la France sur ce projet. Cependant, à la suite du courrier envoyé par cet Andriy Didenko, certains d'entre nous, afin de préserver leur anonymat et un équilibre mondial, préfèrent sacrifier un seul individu, en l'occurrence, vous, ce qui est justement contraire à notre cause.

– Alors des gens bien intentionnés sont prêts à m'éliminer pour le bien de tous ?

– C'est malheureusement la vérité, avoua Thomas. Et j'en suis le premier consterné.

– Mais sachez, Liza, que nous ferons tout ce qui est en notre pouvoir pour les empêcher de vous tuer. Vous êtes l'œuvre de ma vie. Jamais je ne laisserai quelqu'un vous nuire. Encore moins cet Andriy Didenko, jura Vincent.

Chapitre 17

Au début, il n'avait pas été facile de suivre sa trace. Tout avait été mis en œuvre pour brouiller les pistes mais il avait fini par repérer sa cible. La veille, Liza avait commis une erreur. Un coup de téléphone à sa mère depuis son téléphone portable qui avait été facilement géo-localisé. La conversation avait été enregistrée et le tour était joué.

Il avait erré des heures dans New York après avoir quitté le Trump SoHo en prenant soin de ne pas attirer l'attention sur lui. Il avait eu besoin de réfléchir, de comprendre pourquoi, une nouvelle fois, il n'avait pas pu la tuer. Et il avait pris une décision. Une décision qu'il trouvait folle mais qui selon lui était la seule solution. Le devoir de désobéissance. Il ne mettait pas en doute l'ordre qu'il avait reçu de l'éliminer mais il voulait savoir : savoir pourquoi il avait reçu l'ordre de tuer une jeune artiste peintre parisienne. Il désirait comprendre pourquoi il devait exécuter un ordre prescrivant d'accomplir un acte manifestement illégal. Oui, c'était la formule consacrée, il s'en souvenait. Certes, son supérieur lui avait dit que cette femme représentait une menace et qu'il fallait la neutraliser afin d'éviter tout danger. Mais cela justifiait-il une telle fin ? Il l'avait suivie, il l'avait observée : elle semblait totalement inoffensive. Une fois qu'il saurait, sans doute pourrait-il finalement accomplir son devoir.

Pourrait-il enfin la tuer ?

Il avait découvert où elle se trouvait. Oxford : la célèbre rivale de Cambridge. Il avait pris une chambre dans un petit *bed and breakfast*.

— Je suis en vacances, avait-il dit à la vieille Anglaise. J'ai toujours rêvé de visiter Oxford.

La vieille dame en avait été ravie. Elle le trouvait tellement charmant avec son petit accent français et tellement bien élevé.

— Vous prendrez bien une tasse de thé ? lui avait-elle proposé.

— Mais bien sûr, avec plaisir, avait-il répondu alors qu'il détestait le thé.

L'université. Il lui fallait maintenant s'y introduire. Oui, mais comment ?

Première chose : l'observation. C'est le maître mot d'un bon chasseur. Deuxième chose : la patience. Il avait donc acheté un journal anglais, un de ces tabloïds si savoureux en scandales, pour se fondre dans le paysage britannique. Il s'assit sur un banc devant l'entrée de l'université, déplia le quotidien et attendit qu'une idée lui vienne. Et elle lui vint sous la forme d'un jeune garçon en ce matin d'hiver.

Un coursier à vélo s'approchait de l'établissement prestigieux.

Il bondit.

Le garçon n'eut pas le temps de comprendre ce qui lui arrivait. Il se retrouva assommé et bâillonné en moins de temps qu'il faut pour le dire. Il subtilisa son pass, son paquet, son courrier et sa casquette.

À l'accueil, il passa devant le gardien, qui lui parla mais il ne répondit pas. Il sourit et porta les mains à son cou et prétendit un mal de gorge qui l'empêchait de parler et se dirigea tranquillement vers le département des sciences.

La conversation entre Liza et sa mère avait été très enrichissante. Elle l'avait appelée pour qu'elle ne s'inquiète pas :

– Non, maman, je vais bien. Je suis à Oxford. Je fais juste un petit aller-retour pour aller voir une exposition. Ah ! et puis, j'ai rencontré un scientifique, Thomas Rivard. Il m'a proposé de me faire visiter l'université où il travaille et en particulier le département des sciences. Non, ne t'en fais pas, je ne resterai pas longtemps. Je t'aime, maman.

Chapitre 18

Dans son bureau de style victorien, Vincent Ashfield jeta un coup d'œil à son ordinateur portable, tout en tapotant nerveusement de ses mains manucurées, le sous-main en cuir vert posé sur son bureau d'associés en acajou, aux innombrables poignées dorées. Il savait que ce qu'il avait fait était osé mais c'était le seul moyen. Un risque à prendre. Encore un. Il soupira. Le téléphone sonna. Il se précipita sur l'appareil.

– M. Ashfield ? Le colis est arrivé.

– Bien, Charles. Je vous remercie.

Il raccrocha et s'adressa à son secrétaire.

– C'est l'heure. Faites le nécessaire.

– Bien, monsieur.

Andrew quitta la pièce.

– Le moment de vérité, se dit Vincent.

Il se leva et s'approcha du bar. Il en sortit une bouteille de Jura Superstition. Il n'était pas particulièrement crédule mais il se dit qu'un peu de chance en plus ne pouvait pas lui nuire. Il plaça donc la croix de Ankh, hiéroglyphe égyptien ornant le devant de la bouteille de whisky, dans la paume de sa main, espérant ainsi s'attirer les bonnes grâces de la fortune. Il versa un doigt du breuvage ambré, ce single malt écossais aux arômes d'épices, puis s'assit dans son canapé capitonné de velours rouge et en but une gorgée. La chaleur du liquide coula le long de sa gorge et la légère sensation tourbée emplit sa bouche d'une note fumée qui le transporta sur Jura, cette petite île à l'ouest de l'Ecosse, battue par les vents et ne comptant que deux cent âmes, une distillerie et un pub. Ce voyage l'apaisa.

Il se releva et fit le tour de la pièce. Il se sentait bien dans ce cocon rassurant, rappelant cette époque victorienne où la révolution industrielle prenait place dans une Angleterre rurale, où tant de progrès avaient été accomplis.

De chaque côté de la fenêtre, derrière son bureau, les murs étaient ornés de deux larges tableaux au cadre doré, chacun d'eux représentant deux femmes corsetées à la silhouette sablier. Il en aimait les rondes et généreuses crinolines et les corsages décolletés mettant en évidence la courbe de l'épaule et de la nuque.

Les objets champêtres éclectiques, les porcelaines et céramiques aux motifs fleuris posés sur les étagères faisant face au bureau, les napperons brodés sur la table basse, le calmaient, le ressourçaient. Il ne voulait pas oublier le passé afin de mesurer le chemin parcouru et aller de l'avant.

Il caressa au passage une sculpture en bronze sur un secrétaire assorti au bureau : une très belle copie des *Valseurs*, qui lui inspirait toujours raison et discernement. Le mouvement du corps en bronze des deux danseurs et le drapé de la robe de la femme donnaient à la sculpture de Camille Claudel un aspect presque vivant. Ils tournoyaient, ne faisant qu'un, inébranlables, insensibles au monde extérieur. Devant ce couple parfait, il se souvenait de sa femme qu'il avait tant aimée. Il ne voulait pas non plus perdre Liza. Il respira profondément. Il ferma les rideaux. Il était prêt.

Chapitre 19

Il suivit les couloirs. Il s'arrêta devant une porte et sortit son pistolet de son étui. Il se glissa avec précaution dans la pièce sombre. Il entendit un petit clic : la porte venait de se refermer.

– Nous vous attendions, dit une voix dans l'obscurité.

Il se figea. On lui avait tendu un piège : livraison facile et rapide, et sans frais de transport. Stupide. Il avait été stupide. La lumière s'alluma.

Quelques instants plus tard, les mains dans le dos, attaché à une chaise au milieu de la pièce, il rageait. Quelques gouttes de sang maculaient le col de la chemise blanche qu'il portait sous sa veste en cuir. Cela avait été de haute lutte pour le maîtriser car il était rompu aux techniques de combat mais les trois agents de sécurité y étaient finalement parvenu. Plusieurs personnes se trouvaient dans la pièce, et en particulier, un homme élégamment vêtu et aux manières distinguées, qui lui faisait face.

– Mathieu ? Mathieu Delmont ? C'est bien ça ? Eh oui ! nous avons un service de renseignement performant, dit l'homme élégant, qui jubilait en voyant son air surpris. Connaissez-vous la vraie raison de votre mission ? Il est très important pour moi de savoir ce que vous savez exactement. Alors, veuillez répondre, s'il vous plaît.

Le Britannique attendait patiemment, les bras croisés.

– Que savez-vous, jeune homme ? redemanda-t-il, employant à nouveau un ton très calme.

Le visage totalement fermé, Mathieu ignorait l'homme qui le fixait.

– Mais bien sûr ! je suis au-dessous de tout, dit ce dernier sur un ton ironique. Je ne me suis pas présenté. Je m'appelle Vincent Ashfield, directeur du département des sciences médicales. Et voici Thomas Rivard, mon premier assistant. Il est chercheur en biologie et enseigne dans cette université. Voici Andrew, mon secrétaire. Et voici Ethan, depuis des années, gardien fidèle et discret. Vous vous êtes déjà rencontrés sur les toits de Paris, dit-il en faisant un clin d'œil. Bien. Les présentations étant faites, que nous vaut l'honneur de votre visite ? Vous étiez venu voir quelqu'un, je suppose ? Une femme, sûrement ? Ah ! ces Français ! Tous de grands romantiques. Ah ! l'amour ! A moins que cela ne soit une autre motivation ? finit-il par dire sur un ton plus agressif.

Alors Vincent demanda à Thomas d'aller chercher Liza.

Et Mathieu la vit à nouveau. Il sentit qu'il était toujours aussi incapable de lui faire le moindre mal malgré les injonctions perpétuelles et de plus en plus insistantes de son supérieur.

Et Liza posa les yeux sur lui. Elle sentit qu'il lui était toujours aussi impossible de le haïr malgré le danger mortel assuré qu'il représentait.

Mathieu comprit qu'elle était émue de le voir en fâcheuse posture. Il la vit s'approcher de lui.

– Mathieu Delmont ? Mathieu ? lui demanda-t-elle avec une voix douce, consciente elle aussi du trouble qu'elle provoquait.

Ethan se plaça à côté de lui puis jeta un coup d'œil à Vincent, qui acquiesça. Liza comprit et fit un pas en arrière. Le garde du corps le gifla. Il serra les dents tout en le regardant avec défiance, le regard noir. Nouvelle gifle. Il ne broncha pas. Encore une. Puis une autre. Encore.

– Je savais les Anglais conservateurs. Est-ce cette université qui vous incite à des pratiques moyenâgeuses ? lâcha Mathieu.

– Sachez pourtant, mon jeune ami, que la brutalité n'est pas dans mes habitudes, répondit Vincent. Mais parfois…

Ce dernier fit signe à Ethan. Nouvelle gifle. Mathieu gémit. Ethan s'apprêtait à le frapper une nouvelle fois quand Liza se précipita et arrêta son bras.

– Arrêtez !

Liza s'agenouilla à côté de Mathieu. L'homme de main de Vincent esquissa un mouvement mais le chercheur lui fit signe de ne pas intervenir. Il se recula.

– Mathieu, pourquoi voulez-vous me tuer ?

Silence. Ne pas croiser son regard. Surtout ne pas plonger dans ses yeux.

Et Liza posa plusieurs fois la question. Tendrement. Calmement. Le simple mortel baissa les yeux sur la jeune déesse agenouillée. Il sentit son cœur battre plus vite. Sa respiration s'accéléra. Il comprit qu'il était à nouveau envoûté. La magie opérait. Lentement, il la regarda dans les yeux et ses lèvres s'ouvrirent.

– J'ai reçu des ordres. Je suis désolé. Je ne voulais pas vous tuer. Mais je...

– Pour quelle raison ? le coupa Liza.

– Je l'ignore vraiment, je devais seulement suivre les ordres. On ne doit pas discuter les ordres.

– Vous alliez me tuer sans même savoir pourquoi ?

– Oui. Enfin non ! Justement non. C'est pour cette raison que je suis ici, bafouilla-t-il.

– Soyez plus clair !

– Je voulais savoir. Je refuse de vous éliminer sans connaître la véritable raison.

– Ma parole ! C'est de l'insubordination ! Vous remettez en cause les ordres de vos supérieurs ?! se moqua Vincent.

– Non ! hurla-t-il. C'est faux ! Je voulais juste savoir. Je ne parvenais pas à la tuer.

Il baissa la tête.

– Oh ! Mathieu, dit Liza dans un murmure.

Chapitre 20

Une violente explosion ébranla le bâtiment. Des alarmes se mirent à hurler. L'un des trois gardiens qui avaient aidé à désarmer Mathieu se précipita hors de la pièce. Les deux autres restèrent avec Ethan pour protéger les chercheurs et Liza.

– Eh bien ! je crois que nous sommes attaqués, dit Vincent avec le plus grand calme.

– Détachez-moi ! hurla Mathieu. Je pourrai vous aider, vous protéger.

– Vous me prenez vraiment pour un jeunot. Je ne suis pas comme vous : je ne tombe pas aussi facilement dans les traquenards, dit le Britannique.

– Détachez-moi, je vous en conjure ! dit-il tout en se débattant sur sa chaise. Qui sont ces gens qui vous attaquent ?

– Liza ! partons nous mettre à l'abri. Cette université recèle d'une multitude inimaginable de passages qui nous mèneront en lieu sûr. Cela fait un grand nombre d'années que je travaille ici et je suis sûr que je pourrais encore découvrir de nouvelles portes dérobées dans un recoin sombre. Et laissons-là cet homme. Entre tueurs ils pourront s'entendre.

– Je ne suis pas un tueur !

– Non ?! ironisa Vincent.

Regard haineux entre les deux hommes.

– Non ! soutint Mathieu.

– Venez, Thomas ! Venez, Liza ! Abandonnons cet homme à son sort. Il n'a que ce qu'il mérite.

– Non ! Je refuse de le laisser là ! s'opposa Liza.

– Quoi ! dirent en chœur les deux scientifiques.

– Mais il a pour ordre de vous tuer ! rajouta Thomas.

– Emmenons-le avec nous. Je ne veux pas qu'il meure.

Et s'adressant à Ethan :

– Sortez votre arme. Au moindre faux pas de sa part, tirez !

Les deux chercheurs restèrent interloqués. Ethan hésita.

– Allez ! faites ce que je vous dis ! ordonna-t-elle.

Le garde du corps obéit.

Liza saisit son sac qu'elle mit en bandoulière, se munit d'un cutter posé sur le bureau et commença à détacher les liens qui enserraient le Français.

Mathieu observait la jeune femme. Quelques mèches s'étaient détachées. De ces petites mèches de cheveux qui cherchent toujours à s'échapper. Il se souvint qu'il avait déjà remarqué cela lors de leur première rencontre à New York. Il sentit le frôlement de sa robe noire et courte, cintrée à la taille et évasée vers le bas. Simple et belle. Il était si doux d'être son prisonnier.

– Viens avec moi, lui dit Liza en le prenant par la main.

Des collants opaques gris foncé dessinaient ses jambes et elle portait encore des chaussures à talons d'une hauteur incroyable, qui rehaussaient son bassin et provoquaient un mouvement chaloupé à chacun de ses pas. Il aspirait à devenir marin bercé par le tangage de ses hanches et se laissa emporter sur les flots de sa robe.

Vincent vit Liza et Mathieu réunis. Il sentit qu'il leur était impossible de se détruire l'un l'autre. Il regardait Liza tenir Mathieu par la main. Il la suivait docilement, l'air finalement ravi de son sort. Il eut subitement envie de faire une chose folle : suivre la décision de Liza. Après tout, peut-être avait-elle raison ?

Chapitre 21

– Si j'étais à votre place, je ne ferais plus un geste, dit une voix derrière eux.

Liza et ses compagnons se stoppèrent au milieu d'un des couloirs de l'université et levèrent les mains. Ils furent poussés dans une salle de cours et reçurent l'ordre de s'asseoir. Ils patientèrent tandis que des hommes armés les tenaient en joue et semblaient attendre des instructions supplémentaires.

– Eh bien ! Si je ne m'abuse, nous sommes faits comme des rats, dit Thomas sur un ton décontracté, qui contrastait totalement avec la situation présente.

– Vous êtes très observateur, mon cher, répliqua Vincent sur un ton ironique. Le mot « rat » me semble tout à fait approprié. Par conséquent, agissons comme tel.

– Oui, mon cher Vincent. Trouvons une solution de rat, encouragea Thomas en tapant dans ses mains comme un enfant qui va avoir un morceau de chocolat.

Mathieu regardait les deux chercheurs d'un air stupéfait. Étaient-ils soudainement devenus fous ?

– Mathieu, vous savez, bien sûr, que les rats, animaux par

ailleurs, très intelligents, vivent dans les caves, les sous-sols et les souterrains ? demanda Vincent.

– Et qu'ils feront tout pour pouvoir se sortir d'une situation périlleuse, n'est-ce pas, Mathieu ? continua Thomas.

– Tout à fait, répondit le jeune homme qui finalement comprenait les règles du jeu.

– C'est une histoire très intéressante que vous allez entendre. Je me souviens d'une année où ma jeune sœur qui avait l'esprit très gauche était allée à pied voir ma sœur aînée qui était très droite. A un carrefour, elle s'était trompée de chemin et au lieu de tourner à gauche et d'aller tout droit puis de tourner à droite, elle avait suivi la mauvaise direction. Sinon, elle serait arrivée à une porte en bois dont la clé se trouvait en bas dans un petit renforcement sombre. Elle aurait eu accès à un escalier qui menait à un passage qui l'aurait amenée jusqu'à ma sœur qui lui aurait donné un ticket de sortie.

– Arrêtez ça ! dit l'un des hommes, en pointant son arme directement sur la tête de Vincent.

– Comment ? Entendez-vous cela, mon cher Thomas ? dit le chercheur, imperturbable.

– Oui, j'entends bien, mon cher Vincent.

– Croyez-vous que cela serve à quelque chose, mon cher Thomas ?

– Absolument à rien, j'en ai bien peur. Mais que voulez-vous ? Il faut bien tenter quelque chose. On ne sait jamais ? Peut-être avons-nous affaire à des abrutis ? dit Thomas.

– Vous trafiquez quelque chose ! s'énerva l'homme pointant son arme vers Thomas.

– Nous ? Trafiquer ? C'est bien mal nous connaître ! Alors que nous sommes à votre entière disposition, n'est-ce pas, Thomas ? D'ailleurs prendriez-vous une tasse de thé ? Thé de Chine ou thé de Ceylan ? Parce que, personnellement, je suis adepte du Ceylan. Et vous ?

– En tout cas, pour ma part, je préfère le thé de Chine, dit Thomas.

– Taisez-vous ! ordonna l'homme.

– Restons courtois, continua Vincent qui pariait sur le fait qu'il n'allait pas tirer.

– Mais oui, restons courtois, renchérit Thomas.

– Allez ! Fini de jouer. Nous ne sommes absolument pas en train de dire à Mathieu que sur sa droite se trouve l'interrupteur principal qui contrôle tout l'éclairage de cette partie du bâtiment.

Mathieu réagit. Il se jeta sur l'interrupteur, plongeant comme escompté, la pièce dans le noir. Tandis que des bruits de lutte se faisaient entendre, Liza se sentit poussée vers la porte. Un coup de feu. Un gémissement. Qui venait de se faire toucher ? Liza entendit la voix de Thomas.

– Fuyez ! Fuyez Liza ! Mathieu. Sauvez-la ! Je vous en supplie !

– Viens.

Elle reconnut la voix de Mathieu et se mit a courir, entraînée par le jeune homme, qui se souvenait des instructions codées de Vincent.

À nouveau un coup de feu. Gauche, droite. A l'embranchement, Mathieu et Liza tournèrent à gauche puis à droite. Une porte en bois, la clé dissimulée en bas. Un escalier, un passage souterrain et la sortie dans une rue d'Oxford.

Chapitre 22

Une fois à l'air libre, Mathieu et Liza regardèrent dans toutes les directions pour trouver un lieu sûr. Ils coururent encore et encore : deux renards revenant sur leurs pas pour brouiller les pistes et échapper aux chasseurs à courre. Une ruelle à droite, une seconde à gauche, une autre à droite, la vieille ville d'Oxford regorgeait de rues transversales et étroites. Ils vérifièrent que personne ne les avait suivis, rentrèrent sous un porche, puis allèrent au fond d'une cour intérieure déserte à cette heure-là. Ils s'assirent côte à côte, adossés au mur d'un bâtiment pour reprendre leur souffle. Liza regarda Mathieu.

– Je ne comprends plus. Tu ne veux plus me tuer ?

– Si. Mais en attendant de connaître la vraie raison pour le faire, je vais t'aider.

Cette remarque ne rassura Liza qu'à moitié.

– D'ailleurs, tu connais sûrement la vérité ? demanda Mathieu en épiant sa réaction.

– Absolument pas, mentit Liza qui n'avait pas spécialement envie de mourir.

Mathieu gémit légèrement en se tenant le bras gauche.

– Tu es blessé ?

– Ce n'est rien.

– Montre-moi, dit-elle doucement. Enlève ta veste et ta chemise.

Mathieu allait protester mais elle s'approcha de lui pour l'aider à retirer ses vêtements. Il frôla de la main son sein gauche à la fois ferme et souple. Il ressentit une immense vague de désir : une véritable décharge électrique qui lui crispa le ventre. Il hésita quelques secondes puis déposa les armes.

Liza découvrit un torse aux muscles bien dessinés, sur lequel couraient quelques petites cicatrices : la carte mémoire de la vie militaire de Mathieu. Elle fut troublée par cette vision mais s'efforça de cacher son émoi. Le jeune homme fit une légère grimace lorsqu'elle retira le tissu de la chemise collé par le sang de la blessure.

– Je te fais mal ? s'inquiéta-t-elle.

– Un peu, mais ça va.

La blessure était peu profonde : la balle avait juste effleuré le bras. Elle lui sourit.

– Quand j'étais petite, ma mère me donnait un bisou quand je m'étais fait mal, dit-elle en le regardant d'un petit air coquin.

– Finalement je crois que j'ai très mal. Oui, c'est ça, je souffre terriblement.

– Tu veux un bisou ? lui demanda-t-elle en prenant une voix de petite fille.

– Oui, j'ai bien peur que cela ne soit absolument nécessaire.

Alors Liza se pencha vers sa joue gauche et l'embrassa.

– Et là, çà va mieux ?

– Oui, c'est déjà mieux mais je souffre encore.

Alors elle se pencha à nouveau et l'embrassa sur la joue droite.

– Et maintenant ?

– Oui, oui. C'est encore mieux. Mais mon bras me fait encore un peu mal.

Et Liza l'embrassa sur les lèvres. Il l'attira contre lui et fit durer le baiser.

– Oui, vraiment ! C'est efficace, dit-il en souriant et en ne la quittant pas des yeux. Je me sens beaucoup mieux, c'est indiscutable. D'ailleurs, peut-être qu'un autre baiser pourrait assurer une guérison complète ? dit-il en riant et en remettant sa chemise.

Et Liza se mit à rire à son tour.

L'angoisse ne tarda pas à réapparaître.

– Cela te fait quoi de te retrouver poursuivi par ces hommes, de te retrouver dans le rôle de l'homme à abattre ? Que ressens-tu ? Car si j'ai bien compris, d'habitude, c'est toi le chasseur ?

Mathieu réfléchit.

– Tout d'abord, je ne sais pas qui ils sont. Tu le sais, toi ? demanda-t-il innocemment, en tentant à nouveau sa chance.

Il fixa Liza, qui détourna les yeux. Il n'insista pas.

– Lors de précédentes missions, je me suis retrouvé dans des situations risquées où cela m'est arrivé d'avoir peur de mourir, mais je n'ai jamais été la cible d'un autre tireur. Aujourd'hui, étrangement, je n'ai pas peur pour moi. Mais j'ai peur pour toi. Car si je mourais, je ne serais plus là pour te protéger.

Ils se regardèrent longuement sans rien dire.

– N'est-ce pas un peu contradictoire pour quelqu'un qui veut me tuer ?

– Totalement, je l'avoue. Mais je suis un peu perdu, lui dit-il avec un sourire penaud. Je dois reconnaître que depuis que je t'ai vue, je fais plutôt n'importe quoi. Pour devenir tireur d'élite, on nous apprend à contrôler nos émotions : il faut être calme et savoir garder son sang-froid. Eh bien ! depuis que je te connais, je fais tout l'inverse. Tu es mon pire ennemi !

– Qu'allons-nous faire ? Retournons-nous à l'université ?

– Trop risqué. Ils doivent sûrement nous y attendre.

– Je peux appeler Thomas. Il m'a remis sa carte à New York.

– Et si jamais il était encore leur prisonnier... D'ailleurs, coupe ton portable : il ne faut pas qu'ils nous tracent.

Liza se tut, l'air décontenancé, ne trouvant plus d'idées.

– Il me faudrait une arme. Au cas où.

– Est-ce que celle-ci te conviendrait ? demanda Liza, en lui montrant un pistolet qu'elle venait de sortir de son sac en bandoulière.

– Où as-tu trouvé ça ?

– C'est Thomas qui me l'a donné. Il l'a glissé dans mon sac juste avant notre fuite.

– Pourquoi ne pas me l'avoir donné avant ?

– Aurais-tu oublié que tu es chargé de me tuer ? lui demanda Liza sur un ton moqueur.

– Alors pourquoi me la donner maintenant ?

– Juste comme ça, dit-elle avec un air fripon. Je pense que je peux te faire confiance. Du moins, jusqu'à nouvel ordre, monsieur mon tueur, dit-elle en guettant sa réaction.

– Ah c'est malin, mademoiselle ma cible !

Elle lui tendit l'arme.

– Un Walther PPK ! Thomas se prend pour James Bond ? Et bien sûr, il roule en DB5 ?

– Je ne sais pas, dit Liza en riant. Mais en tout cas, c'est un vrai fan. Et il adore Sherlock Holmes. C'est son héros.

– Encombrement réduit. Alliage léger. Pistolet double action. Mécanisme simple actionné par le recul. Une vraie arme de poche. Très bon choix ! dit-il, en étudiant l'arme.

Il s'assura qu'elle était chargée. Une petite aspérité faisait saillie à l'arrière de la glissière : une cartouche se trouvait bien à l'intérieur de la chambre. Il glissa l'arme dans le holster vide sous sa veste en cuir.

– Suis-moi, ma Bond girl ! Essayons de trouver un abri pour l'instant.

– Tout de suite, James ! Tout de suite ! dit Liza d'une voix sexy.

Il regarda la jeune femme.

– Tu sais ? En y réfléchissant bien, je crois bien que, finalement, je n'ai pas trop envie de savoir pourquoi je dois te tuer.

Et il sourit à Liza. Il la regarda se relever, replacer sa robe et repartir sur ses talons hauts. Elle était décidément fascinante. Était-elle vraiment son pire ennemi ?

Chapitre 23

Ils étaient perdus dans la ville.

La nuit était tombée. Cela faisait des heures qu'ils arpentaient les rues de la cité anglaise. Auparavant, cadre agréable évoquant un conte de fée, le lieu s'était métamorphosé en un décor de film expressionniste. Les ombres géantes des deux fugueurs habillaient les murs qui semblaient obliques et infinis. Tout n'était plus que contraste de noir et de gris. Le bruit de leurs pas dans les rues désertes, amplifié par l'écho, sonnait comme un métronome emballé. A tout instant, Liza et Mathieu s'attendaient à voir surgir les plus horribles des créatures qui soient, exhortées par quelque funeste incantation.

– Mathieu, je suis épuisée. Je ne sens plus mes pieds dans ces chaussures.

– Il faut vraiment que l'on trouve un endroit pour dormir.

Liza frissonna.

– Tu as froid ? s'inquiéta Mathieu.

Tout en prenant soin de ne pas raviver la douleur de sa blessure au bras, il retira sa veste et vint se placer derrière la jeune femme. Il posa délicatement son vêtement sur les épaules de Liza qui sentit sa chaleur immédiatement. Elle poussa un petit gémissement de satisfaction qui ne lui déplut pas. Il la regarda : elle s'abandonnait, les yeux fermés, au plaisir de se réchauffer.

Il frissonna à son tour. Le froid lui fit mal.

– Il faut absolument que nous trouvions un abri, dit-il.

Liza rouvrit les yeux.

– On pourrait aller à mon hôtel, proposa-t-il.

– Ah oui ? demanda-t-elle l'air amusé.

Mathieu la regarda et secoua la tête.

– Pour dormir, Liza. Pour dormir, dit-il en faisant un clin d'œil.

– Mais oui, bien sûr ! A quoi d'autre pensais-tu ?

– Oh ! à rien, Liza. À rien !

– Tu sais comment y aller ?

– C'est bien là le problème. Je ne sais même pas où nous sommes.

– Il faut demander notre chemin à un passant, proposa Liza.

– Oui. Mais regarde autour de toi : à cet endroit de la ville et à cette heure-ci, il n'y plus personne dans les rues. Et puis de toute façon, l'hôtel doit être trop loin maintenant : il fait trop froid, il faut vite se mettre à l'abri.

Liza fouilla son sac et brandit sa carte de crédit avec fierté.

– Sainte Visa, sauvez-nous ! Viens, trouvons un hôtel, se réjouit-elle à l'avance.

Mathieu fouilla les poches de sa veste et en sortit un trombone et un élastique.

– En tout cas, tes petits camarades m'ont pris mon portefeuille, constata Mathieu en colère.

La neige se mit à tomber. Liza grelottait.

– Et en plus il neige maintenant ! J'ai vraiment très froid, dit-elle, en serrant encore plus la veste contre son corps.

Elle s'approcha de lui.

– Dans les manuels de survie, il est marqué qu'il faut utiliser la chaleur corporelle des survivants, dit-elle d'une voix suave.

– Ah oui ? Les manuels de survie ?

– Oui, tu n'as jamais lu ça pendant ta formation militaire ?

– Et tu crois que c'est efficace ?

– On peut toujours essayer.

Et il ouvrit les bras. Il suivit le regard de Liza, posé sur le pistolet dans son étui. Les deux rescapés se sourirent et firent abstraction de l'arme. Il serra Liza qui se blottit contre lui. Le vent se leva et la neige tourbillonna autour d'eux. Mais ils ne bougèrent pas, savourant l'instant malgré le froid saisissant. Les deux naufragés restèrent soudés sur leur radeau de fortune. Cette fois-là, ils étaient unis sous la neige.

Chapitre 24

Liza s'arrêta devant l'entrée d'un établissement cinq étoiles. Plaque dorée. Classé par le RAC, le *Royal Automobile Club* et par l'AA, l'*Automobile Association*. Grande marquise en verre. Portier en uniforme. Sourire VIP. Gants blancs et boutons dorés. Un vrai hôtel de luxe britannique !

– Viens ! celui-ci a l'air bien, dit Liza.

– Tu parles ! cinq étoiles ! c'est sûr qu'il est bien ! Tu es certaine que tu peux payer ?

– Oui, bien sûr ! je suis une petite fille riche ! dit-elle en montant les marches.

Mathieu hésitait encore. Elle se retourna.

– Mais viens donc !

– Je ne suis jamais rentré dans ce genre d'hôtel. Je n'en ai jamais eu les moyens.

– Oh ! tu verras : on s'habitue très vite au luxe.

– C'est bien ça qui me fait peur.

– Mathieu, fais-moi confiance : à cette heure tardive, nous pourrons encore faire appel au service d'étage pour manger.

Un parfum de fruits rouges flottait dans le hall. L'hôtel anglais était décoré de doubles-rideaux imprimés de grosses pivoines rouges sur fond crème. Au fond à gauche, sur une épaisse moquette vert amande, un canapé en tissu assorti aux tentures, tendait généreusement ses bras, sur fond de trompe-l'œil représentant une fausse bibliothèque. Une table basse sur laquelle traînaient quelques livres en libre service dans un désordre savamment orchestré, invitait à prendre un verre en écoutant la musique classique qui sortait des haut-parleurs discrets. Des moulures au plafond et un grand lustre ancien un peu kitsch donnaient au lieu un aspect vieille Angleterre, qui rappelait l'univers des livres de Jane Austen.

Liza se dirigea vers la réception, suivie par Mathieu, l'air très emprunté.

– Nous voudrions une chambre pour deux, s'il vous plaît, dit-elle tout à fait dans son élément.

– Quel type de chambre désirez-vous ? Un lit double ou deux lits simples ? s'enquit le réceptionniste qui s'efforçait de les analyser.

– Deux lits simples, répondit Liza, qui avait envie de taquiner Mathieu.

Elle le regarda de biais : son visage s'était empourpré.

– Non, non, réflexion faite. Un lit double. Mais vous savez, il vaut mieux se méfier par les temps qui courent... On ne sait jamais à qui on a affaire...

– Je suis bien d'accord, l'approuva le réceptionniste sur le ton de la confidence. Bien, veuillez remplir cette fiche, s'il vous plaît, dit-il en tendant un stylo à la jeune femme. Vous avez des bagages ?

– Non, nous aimons voyager léger, mentit Liza.

Le réceptionniste sourit.

– Ah, oui ! L'urgence de la situation, dit-il, un petit sourire de conspirateur aux lèvres. Peut-être désirez-vous la chambre pour quelques heures seulement ?

– Mais non, voyons ! s'énerva Mathieu. Pour toute la nuit !

– Ah ! je comprends ! Monsieur est en forme !

Mathieu allait répliquer. Il serra les dents et s'abstint de tout commentaire et rajouta sur un ton qui évitait toute objection :

– La clé ! Vite !

– Tout de suite ! Monsieur est impatient !

Liza voyait que Mathieu n'en pouvait plus de cet énergumène. Il bouillonnait intérieurement.

– La clé ! dit-il en tendant la main et en le foudroyant du regard.

– La voici, monsieur. Vous avez la chambre 216. Je vais appeler quelqu'un pour vous y conduire.

– Nous aimerions le petit déjeuner en chambre. Un petit déjeuner anglais complet pour 8 heures, précisa Liza.

– Bien sûr ! Il faudra vous remettre de vos efforts.

Liza se rendit compte que Mathieu allait bondir sur le réceptionniste mais elle le prit par le bras.

– Viens ! cela n'a pas d'importance.

– Passez une bonne nuit ! termina l'homme, l'air satisfait de lui.

Chapitre 25

Ils suivirent un employé de l'hôtel jusqu'à leur chambre. Liza se jeta sur le lit tandis que Mathieu restait dans l'entrée, à la fois énervé et coincé.

– Viens ! ne fais pas ton timide, le taquina-t-elle.

Mathieu détailla la pièce.

– Je vais prendre le canapé.

Elle le regarda, amusée.

– Promis ! Je ne vais pas t'agresser. Allez ! détends-toi !

– Je vais essayer, dit Mathieu en se rapprochant du lit.

– Bien ! Étape suivante : manger ! dit Liza joyeuse.

Elle se leva et consulta la carte des snacks qui se trouvait sur un petit bureau contre le mur à droite de la fenêtre.

– Que veux-tu manger, mon chéri ? lui demanda-t-elle sur un ton taquin.

– Tout ce que tu veux, ma chérie ! répondit le jeune homme, en acceptant le jeu.

– Alors, ce sera : six sandwichs concombre, tomate, cheddar, jambon avec deux thés verts brûlants ! Et quatre paquets de chips au vinaigre et deux à l'oignon ! Une part de crumble aux pommes et...

Non, une part de *banoffi pie* ! Ou non ! Plutôt une part de chaque ! Comme ça je pourrai goûter aux deux !

Mathieu regardait Liza :

– Tu vas manger tout ça !

– Oui ! Et si j'ai encore faim, je rappellerai ! dit-elle en riant aux éclats.

Il sourit et regarda la petite fille aux yeux pétillants en face de lui.

Elle téléphona à la réception et commanda.

– Je vais prendre une douche brûlante, dit Liza sur un ton enjoué, savourant à l'avance le réconfort de l'eau chaude.

Mathieu s'assit sur le lit et soupira. Il mit la tête dans ses mains. Il sortit le Walther PPK de son étui et le plaça sur la table de chevet la plus proche de l'entrée de la chambre.

– Liza, chère Liza, dit-il tout bas. J'espère que je ne me trompe pas.

La jeune femme, un sèche-cheveux d'une main et une serviette blanche de l'autre, sortit de la salle de bains, vêtue d'un peignoir blanc.

– Vas-y ! à ton tour ! Ça fait vraiment beaucoup de bien !

Leurs regards se croisèrent. Des gouttes d'eau tombant des cheveux longs de Liza ruisselaient sur ses yeux et ses lèvres légèrement entrouvertes. Mathieu se leva et s'approcha d'elle.

– Tu es vraiment très belle, Liza.

Elle pencha la tête et l'embrassa tout doucement sur les lèvres.

– Tu es vraiment très beau, Mathieu.

– Liza, je... Je ne voudrais pas que... Dans cette chambre... Enfin... Nous... Pas comme ça... Pas maintenant.

Ils se comprirent et se sourirent. Mathieu alla à son tour dans la salle de bains. On frappa à la porte de la chambre.

– *Room service* !

Liza découvrit le pistolet posé sur la table de chevet et le cacha à l'aide de sa serviette. Elle ouvrit la porte au garçon d'étage qui posa le plateau sur la petite table devant le canapé et qui ressortit aussitôt. Liza se retint de bondir comme un tigre sur la nourriture. Elle récupéra sa serviette et sécha ses cheveux devant le grand miroir de la penderie puis s'assit sur le canapé et prit une des brochures touristiques à sa disposition. Mathieu sortit à son tour. Il avait enfin l'air heureux et détendu, dans son peignoir blanc ultra moelleux et ses pantoufles en éponge.

– Eh ! le luxe te réussit !

– Tu as raison : ce n'est pas mal du tout.

– Viens manger.

Les deux ogres se restaurèrent de bon cœur. Mathieu eut un peu de mal avec les chips au vinaigre mais trouva les desserts fort bons, du moins le peu que Liza lui en laissa.

– Désolée, je crois que j'ai presque tout mangé, constata-t-elle, l'air faussement contrit, contente d'être repue.

Mathieu sourit. Liza se leva et s'assit en tailleur sur le lit blanc. Mathieu fit de même et prit rapidement un air sombre. Elle attendit.

– Liza, qui sont ces hommes ?

Elle se crispa.

Encore cette question !

Il lui fallait avoir davantage confiance en Mathieu. Cela demandait du temps. Avant tout, elle ne voulait pas que le regard du jeune homme change. Ne pas être vue comme un clone, une chose curieuse, une anomalie de la nature. Elle avait déjà du mal elle-même à accepter cette révélation.

Quelle serait la réaction de Mathieu ?

Une fois qu'il saurait, aurait-il une bonne excuse pour la tuer malgré l'attachement qu'il semblait lui porter à présent ?

– Je ne sais vraiment pas, Mathieu. Je l'ignore.

– Même pas une petite idée ?

– Non, pas la moindre, mentit Liza.

Mais le jeune homme n'était pas dupe. Il la regarda, hésita, s'apprêta à ouvrir la bouche mais aucun mot ne sortit. Ils se regardèrent en silence. Puis il prit une grande respiration et dit :

– J'ai une autre question à te poser.

Liza regarda Mathieu dans les yeux et patienta.

– Qui est Thomas pour toi ?

– Thomas ? Que veux-tu dire ?

– C'est ton petit ami ?

– Quoi ? Mais non ! Pourquoi demandes-tu cela ?

Mathieu prit un air gêné.

– La conversation téléphonique, entre ta mère et toi à ton arrivée à Oxford, a été écoutée.

– Je sais. C'était volontaire. Pour t'attirer.

Mathieu fit une pause et eut du mal à déglutir : sa gorge était sèche.

– Tu lui as dit que tu venais de rencontrer un scientifique et que tu étais avec lui à Oxford, continua-t-il.

– C'est ce que j'ai dit, confirma Liza, qui attendait que Mathieu poursuive.

– Tu ne trouves pas ça bizarre de suivre un homme que tu connais à peine ?

– Mais... qu'est-ce que tu t'imagines ? Que je suis tous les hommes comme ça ? Thomas est un ami.

– Un ami ? Mais tu viens de le rencontrer.

– En fait non ! Pas tout à fait.

– Comment ça : non ?! Pourquoi ne me dis-tu pas la vérité ?

– Mathieu, je t'en prie ! Je ne peux pas te la dire. Pas encore. Laisse-moi du temps. Je ne sais plus où j'en suis, je ne sais plus qui je suis. En très peu de temps, ma vie, tout ce que je croyais acquis, toutes mes certitudes ont volé en éclats. On veut m'assassiner, je suis poursuivie par des hommes armés. J'ai peur, Mathieu. J'ai si peur.

– Donc tu sais pourquoi je dois te tuer !

Liza baissa la tête.

– Tu te rends compte qu'à cause de toi je désobéis aux ordres que j'ai reçus ! Je désobéis, Liza !

– Quel est le plus important pour toi, Mathieu ?

– Je ne sais plus ! Je ne sais plus ! hurla le jeune homme. Si seulement je savais ce que je dois faire ! Tout ce que je sais, c'est que si je te tuais, je ne serais jamais plus le même. J'en ai l'intime conviction. Et si jamais tu étais réellement dangereuse, Liza... s'interrompit le militaire.

Il regarda Liza.

– J'espère que je ne fais pas la plus belle connerie de toute ma vie !

Mathieu regarda le Walther PPK qui dormait sur la table de chevet. Liza suivit son regard. Fil conducteur vers la fin d'une histoire.

– Laisse-moi cette nuit, Mathieu, je t'en prie ! Laisse-nous cette nuit.

Des larmes coulaient sur leur visage. Ils étaient devenus deux enfants apeurés, en peignoir blanc, assis, face à face, en tailleur dans un lit d'adultes.

– Je suis si fatiguée, Mathieu.

Liza se leva du lit et s'assit sur le bord, en lui tournant le dos. Elle fit glisser le peignoir, libérant ainsi ses épaules et son dos nu. Elle souleva la couette et se glissa dessous dévoilant furtivement deux petits seins blancs.

– Je reviens, dit Mathieu en se dirigeant vers la salle de bains.

A son retour, il la découvrit endormie, blottie sous le duvet blanc. Il la regarda dormir un moment. Puis il souleva délicatement la couette de peur de la réveiller, et vint se coucher contre elle.

Quelle bêtise était-il en train de faire ?

Chapitre 26

Les deux Français poussèrent la porte du pub *The Eagle and Child* et attendirent sur une banquette, se sentant à l'abri dans la foule des buveurs de pintes. Un match de football se jouait sur un grand écran au fond de la salle où se trouvaient réunis les adeptes du ballon rond. Les paris allaient bon train. Ce soir-là, l'ambiance était des plus festives et la bière sous pression coulait à flot.

La porte s'ouvrit sur Thomas et Ethan.

– Liza ! Mathieu ! dit le chercheur en apercevant les deux jeunes gens blottis sur leur banquette. Vous allez bien ? Comme je suis content de vous revoir, ma chère Liza. Je vous ai envoyé un message dès que nous avons jugé tout danger écarté. Cela n'a pas été une mince affaire de semer ces hommes.

– Vous êtes certain que je suis en sécurité ? demanda Liza. J'ai rallumé mon portable quelques secondes avant de quitter l'hôtel et j'ai lu votre SMS. J'espère qu'ils ne nous ont pas repérés.

– Oui, oui ! Absolument !

Tel un enfant dans un magasin de jouets, Thomas se délectait des lieux.

– Ma chère Liza, c'est tout simplement merveilleux ! Savez-vous que nous nous trouvons dans le célèbre pub où Tolkien et Lewis se rencontraient ? C'est un merveilleux endroit pour vivre de telles aventures, dit l'homme de sciences, qui visiblement s'amusait de la situation. Ils sont les pères de tant de héros célèbres. Bilbon le Hobbit, Gandalf, Frodon, pour Tolkien, le Prince Caspian et...

– Ca y est ! Le voilà reparti dans un delirium tremens littéraire. En attendant, je ne vois que des buveurs de pintes, l'interrompit Ethan.

– Mais, enfin, je peux m'exprimer ? s'offusqua Thomas.

– Ne le prenez pas mal, mon cher Sherlock, dit Liza en le consolant d'un baiser sur la joue. Je suis tellement heureuse de vous revoir.

– Ah, Liza ! Je...

Mais Thomas n'eut pas le temps d'en dire davantage. Une dizaine d'hommes masqués et armés pénétrèrent dans le pub. Les conversations se stoppèrent. Les clients oublièrent le match. L'ivresse ambiante s'effaça, gommée par une poussée d'adrénaline injectée en plein cœur.

– En sécurité ? demanda Mathieu, rageur. Et vous, votre portable ? Vous l'avez coupé ?

Thomas regarda Liza, l'air penaud et désespéré.

– Cette fois-ci, vous ne nous échapperez pas, dit leur chef avec un accent de l'Europe de l'Est. Suivez-nous sans opposer de résistance.

Ce dernier donna des ordres à deux de ses hommes qui se

dirigèrent vers Liza. Mathieu essaya d'intervenir mais l'un d'eux le frappa violemment à la tête, de la crosse de son arme. Le jeune homme s'effondra.

– Mathieu ! hurla Liza.

Une fois à terre, l'homme le roua de coups de pied. Il était allongé au sol, inerte, le visage en sang. L'homme sortit un pistolet de la poche de sa veste.

– Non ! s'exclama la jeune femme, en cherchant à se précipiter vers Mathieu.

– Restez avec nous, lui dit le chef. Vous allez gentiment nous accompagner, Mlle Devreau.

Liza regarda Thomas, l'air perdu.

– Thomas ? dit-elle d'une voix plaintive tout en s'éloignant, poussée par deux des ravisseurs, accompagnés de leur leader.

Mais cette fois-ci, Sherlock ne pouvait rien faire.

– Je vous retrouverai. Je vous le promets, jura Thomas.

Liza emporta avec elle la vision de Mathieu, un pistolet braqué sur la tempe. Une fois sortis, les deux hommes la poussèrent dans une voiture diplomatique aux vitres teintées, attendant devant la porte du pub. Les hommes restés à l'intérieur sortirent à leur tour et s'engouffrèrent dans un van gris métallisé flambant neuf, garé derrière la voiture.

Loin des regards de la foule d'Oxford, Liza vit le chef assis à la place du passager sortir, d'une petite mallette bleue, une seringue et un flacon rempli d'un produit incolore. Il donna des ordres aux deux hommes qui l'encadraient à l'arrière. Ils l'immobilisèrent en la maintenant par les bras. Liza se mit à hurler et chercha à se débattre mais les hommes étaient trop forts. Le chef planta sans ménagement l'aiguille dans son ventre. Cela ne prit que quelques secondes pour que le produit fasse effet. La tête de Liza tomba en avant. Le chef prit un air satisfait et donna des ordres au conducteur qui démarra en trombe. La voiture, suivie du van, prit la direction d'un petit aéroport de Londres où l'attendait un avion d'affaires privé, un Falcon dernier modèle.

Chapitre 27

Liza se réveillait. Elle avait froid. Elle était allongée nue par terre sur un carrelage glacial. Elle se redressa, engourdie et douloureuse. Puis elle reprit ses esprits. Décharge d'adrénaline. Réagir. Vite ! Très vite ! Il est des situations où tout le corps participe à la survie, où tous les sens sont en alerte, où le cerveau fonctionne en accéléré. Instinct de conservation. Instinct de survie. Réfléchir. Vite ! Très vite ! Pour trouver une solution. Une échappatoire. La fuite. La vie.

Des bruits de pas dans le couloir. Des bruits de clé qui ouvre une porte. Une lourde porte métallique qui bouge avec difficulté, une porte d'armoire grinçante, un chariot gémissant que l'on pousse. À nouveau la porte métallique. À nouveau le cliquetis des clés. Des pas lourds et le couinement du chariot. Et puis quelqu'un, immobile derrière la porte.

Tout s'arrête.

Attente haletante. Battements de cœur rapides et forts. Poitrine qui explose. Sueurs froides.

Le judas s'ouvrit avec violence. Un œil apparut, regard inquisiteur et froid, regard du prédateur sur sa proie, du chasseur sur la biche à terre. Liza se sentit encore plus nue, encore plus glacée. La pièce lui apparut minuscule, elle ne savait pas où se cacher. Et le judas se referma. Parenthèse refermée. Étape suivante. Retour à la ligne.

Quelques secondes, courtes et interminables à la fois. On chercha la bonne clé du trousseau. Bruits de porte, grincements, efforts pour ouvrir une serrure grippée. Et la porte s'ouvrit. Ouverture béante sur l'inconnu. Le temps s'arrête. Le cœur s'arrête. On étouffe.

Le chariot était un brancard. Branlant. Rouillé. Vieux. Hors d'âge. Il était poussé par une femme dont la silhouette massive se dessinait sur fond de néon dans un couloir de sous-sol.

En faisant de grands signes, elle fit entrer le brancard recouvert d'un grand drap blanc qui pendait presque jusqu'au sol. Elle lança une sorte de tunique que Liza enfila. Elle parlait avec des mots qu'elle ne comprenait pas, qu'elle ne reconnaissait pas. Ou plutôt, elle les aboyait. Oui, c'est ça ! Liza pensa à un chien. Oui, un pitbull ! Cette femme avait la gueule d'un pitbull et l'arrière train d'un percheron. Elle eut presque envie de rire. C'était nerveux. Mon dieu ! que cette femme était laide ! Elle ne voudrait même pas la dessiner. Elle sortait tout droit d'un cauchemar. Vision d'horreur. Oui, c'est ça ! Elle devait être en plein cauchemar. Elle aboya encore. Minotaure féminin. Trouverait-elle la sortie du labyrinthe ?

Liza comprit qu'elle voulait qu'elle monte sur le brancard. Elle ne bougea pas. La femme se fâcha, devint rouge, la saisit par la taille, la souleva comme feuille morte dans une tempête. Elle la posa fermement sur le brancard et lui sangla les bras et les jambes. Quelle force ! Quasimodo au féminin. Liza fut prise d'un rire nerveux. Finalement, elle se mit à avoir envie de la dessiner.

Elle l'imagina couchée sur du papier, prisonnière de son crayon, dépendante de ses traits, maîtresse de ses mouvements. C'était elle qui choisissait son aspect, ses formes, son caractère. C'était son issue de secours. Quand le corps ne peut s'enfuir, l'esprit s'échappe. C'est la seule façon de survivre. N'écrit-on pas les plus belles lignes sur la liberté quand on en est privé ?

La femme poussa le brancard à l'extérieur et le stoppa, elle referma la porte. Bruits de clé. Le brancard s'ébranla à nouveau. Respiration difficile. Des à coups. Des arrêts. Des virages. Des arrêts. Des virages. Liza essaya de compter leur nombre, le nombre de pas. Les couloirs étaient interminables et puis tout s'arrêta encore.

Hésitations ?

Liza sentit la peur acide de la femme. Cette dernière frappa enfin à une porte, doucement, trop doucement pour être accompli par une telle force de la nature. Comment pouvait-elle être capable d'autant de douceur après avoir fait montre d'autant de violence ?

Silence.

Enfin, une voix traversa la porte que la femme ouvrit. Le brancard repartit et pénétra dans la pièce. La femme le poussa jusqu'au milieu de la pièce puis recula vers la sortie, sans un bruit, le regard baissé.

Elle n'osait pas regarder ce que Liza voyait.

Chapitre 28

Thomas était monté au sommet de la tour gothique de l'église de la Vierge-Marie : l'une des plus belles vues panoramiques d'Oxford. Il était face à un champ de flèches et de dômes, de cours intérieures et de collines. Multitude infinie. Immensité de son désarroi.

– Prométhée ! Je suis Prométhée ! J'ai créé l'homme, j'ai volé le savoir divin et Zeus me punit, dit-il à haute voix.

Des bruits de pas derrière lui. Il se retourna. Mathieu, essoufflé se dirigeait vers lui, en tenant ses côtes fêlées. Son visage bleui et gonflé par endroits montrait les stigmates de son passage à tabac.

– Ah ! vous êtes là. Vincent m'a dit que vous aimiez bien venir vous réfugier là-haut. Qu'est-ce que vous disiez ? demanda Mathieu.

Thomas baissa la tête. Il n'osait pas regarder le jeune homme.

– Je suis le docteur Frankenstein. J'ai créé la vie et je n'en avais pas le droit et maintenant je dois subir un supplice interminable.

– Que dites-vous ?

– Nous l'avons perdue, dit Thomas, la tête dans les mains.

– Non ! se défendit Mathieu. Je ne les laisserai pas lui faire du mal !

– C'est fini, on ne peut plus rien faire, continuait à se lamenter

Thomas.

– Réagissez ! Je suis sûr que Liza est encore en vie. Nous pouvons agir.

– Qu'ai-je fait ? Mon dieu, qu'ai-je fait ?

– Qu'avez-vous fait, Thomas ? Je ne comprends pas !

– En lui donnant la vie, je l'ai condamnée.

– Mais enfin, expliquez-vous !

– J'ai créé Liza. C'est un clone, Mathieu. Un clone !

Le jeune homme resta pantois.

– Un clone ? Liza est un clone ? répéta Mathieu, l'air perdu.

– C'est pour cette raison qu'ils l'ont enlevée.

– Mais je ne comprends pas. Qui a fait ça ?

– Liza fait partie du projet FREYJA.

Mathieu interrogea Thomas du regard.

– Le nom d'un projet scientifique sur la génétique et la thérapie génique entre l'université d'Oxford et des chercheurs français, expliqua Thomas.

Freyja était le nom d'une déesse majeure, la Grande Déesse Mère dans la mythologie nordique, équivalent de la déesse Vénus chez les Romains, symbolisant l'amour, la beauté, la terre et la fertilité et souvent représentée se déplaçant dans son char tiré par deux chats respectivement appelés « amour maternel » et « tendresse ».

– Nous voulions que Liza naisse sous les meilleurs auspices possibles en l'associant au nom d'une telle déesse, dit Thomas, ému.

– Une sorte de porte-bonheur ?

– Oui, Mathieu. Une bonne étoile.

– De plus, nous avons choisi une très belle femme dont le patrimoine génétique était irréprochable afin d'en faire une réplique parfaite. Et la Liza que vous connaissez est arrivée sur terre, déposée par les fées, finit par dire Thomas en soupirant.

– Voilà que vous recommencez à délirer, Thomas. Les fées n'existent pas !

– En êtes-vous certain ?

– Vous êtes un homme de sciences, vous avez un esprit rationnel.

– Certes, certes ! L'un n'empêche pas l'autre. Nous avons tant encore à découvrir. Et nous avons déjà découvert tellement de choses qui paraissaient impossibles, inimaginables, il y a quelques siècles. Un chercheur se doit d'avoir l'esprit rationnel mais il faut aussi croire en l'impossible pour avancer. Mais bon ! je vous l'avoue, quant à l'existence des fées, elfes, trolls et autres créatures fantastiques, j'ai quand même de sérieux doutes, dit-il l'air facétieux. Ils existent dans les romans, c'est déjà ça.

Thomas repartit dans ses pensées. Les deux hommes se turent quelques instants, absorbés pas le panorama époustouflant qui s'offrait à leurs yeux.

– Malheureusement, poursuivit Thomas, un homme a eu connaissance de ce projet. C'est lui et ses sbires qui ont enlevé Liza.

Thomas sortit la lettre écrite par Andriy Didenko et la donna à Mathieu. À sa lecture, le visage du militaire se décomposa. Liza était sa cible et il avait échoué. À cause de lui, elle se trouvait dans les griffes d'un fanatique, qui se retrouvait alors en position de force. À cause de sa négligence ! « N'oubliez pas. Vous ne devez pas échouer. » avait répété son supérieur. C'était pourtant clair ! Par sa faute, en raison de ses sentiments, son pays et plusieurs autres se retrouvaient plongés dans une situation critique.

Mais quoi ? Il fallait tuer Liza ?!

Non, il ne le pouvait pas !

Et, se rendant compte qu'il était incapable de lui faire du mal, aurait-il dû avouer qu'il voulait être déchargé de cette mission ?

Et laisser un autre homme la tuer ?!

Non, personne ne devait la toucher !

Et s'il fallait vraiment le faire, il voulait que ce soit lui, en douceur.

Non, c'était impensable ! Pas Liza ! Quelle horrible pensée !

De toute façon, son supérieur n'était pas un débutant, il avait bien compris qu'il n'y arriverait pas. Alors pourquoi n'avoir pas mis un autre tireur sur cette mission alors que la situation était urgente ?

Une seule chose devint évidente pour Mathieu : dans l'immédiat il devait sauver Liza. Les réponses viendraient après. Il y avait forcément une solution pour la sortir de ce cauchemar.

Thomas s'écria :

– Je ne voulais pas faire de mal, Mathieu. Je vous le jure. Et puis je n'aurais pas dû échanger les bébés. Non, je n'aurais pas dû !

– Quoi encore ? dit Mathieu excédé, alors qu'il essayait d'élaborer un plan pour extraire Liza.

– Liza est un changeling.

– Thomas, que racontez-vous ? le gronda Mathieu.

– Dans la mythologie scandinave, il est raconté que les fées parfois subtilisent les enfants humains et les remplacent par un des leurs : un changeling. C'est un peu ce que nous avons fait : nous avons déposé Liza à la maternité à la place d'un autre nouveau-né.

Le jeune homme était stupéfait.

– Mais, Mathieu, Liza n'est en rien responsable de ce que nous avons osé faire. C'est une douce jeune femme. Ne la rejetez pas. Elle n'est pas dangereuse, dit Thomas, qui lisait dans les pensées du jeune militaire.

Mathieu resta silencieux. Décidément, cette mission était vraiment inhabituelle. Il était réellement perdu. Le tireur d'élite venait de s'égarer dans le désert des Tartares. Il chercha le regard de Thomas, espérant trouver une solution. Mais ce dernier avait l'air tout aussi désarçonné que lui.

Thomas s'était replongé dans la contemplation de la ville qui s'étendait devant lui. Il essayait de puiser dans sa noblesse, l'énergie nécessaire pour trouver une solution. Sa ville ! Oxford ! Cité magique et érudite. Ville fière qui a défié le temps. Sa ville. La ville où Liza est née. La ville de l'œuvre de sa vie.

– Non ! hurla-t-il tout à coup.

Mathieu sursauta.

– Je ne les laisserai pas faire ! Nous devons la sauver ! s'exclama-t-il encore, le bras droit tendu vers Oxford. Il faut agir !

– Oui, mais comment ? dit Mathieu perplexe.

– Suivez-moi ! lança-t-il en se précipitant dans l'escalier. Allons voir Vincent. Je suis persuadé qu'il trouvera un moyen.

Et Sherlock s'élança à la poursuite du Professeur Moriarti.

Chapitre 29

Plusieurs centaines de personnes, hommes et femmes, étaient réunies dans un amphithéâtre. Le brancard se trouvait sur une petite plateforme centrale visible de toutes parts. Aucun bruit. Aucun souffle. Comment autant de personnes pouvaient-elles faire aussi peu de bruit ? Liza n'en pouvait plus. Il est de ces silences qui sont si lourds qu'ils sont assourdissants.

La porte par laquelle Liza venait d'entrer s'ouvrit à nouveau. Trois hommes équipés d'un masque chirurgical s'approchèrent d'elle, en faisant rouler un chariot sur lequel était installée une cage de verre de la hauteur d'un homme. L'un d'entre eux détacha ses sangles et lui fit comprendre de rentrer dans la cage que les deux autres venaient d'ouvrir.

Liza ne chercha pas à se rebeller. Les hommes refermèrent la cage dans laquelle elle se tint debout. Ils quittèrent la salle et revinrent quelques instants plus tard, poussant une autre cage identique, contenant une jeune femme.

La ressemblance était frappante et un murmure se répandit comme un mascaret dans l'assistance. Une ola de surprise.

Liza se rappela la lettre montrée par Thomas et comprit tout de suite qui elle était : Marya Anissimova.

Les deux jeunes femmes se regardèrent, se dévisagèrent, s'étudièrent et se sourirent. Étonnant de découvrir son reflet vivant. Déroutant de rencontrer son clone.

Sa sœur ?

Étrangement, Liza se sentit émue et fière. Elle n'était plus fille unique et ressentit l'envie de se rapprocher d'elle. Réunion de famille imprévue et bouleversante. Puis une voix s'éleva. Une voix d'homme. Grave. En anglais, marqué d'un fort accent de l'est.

– Bonjour Mlle Devreau. Je suis ravi de vous rencontrer. Enfin la famille est au complet. J'espère que vous appréciez. Je m'appelle Andriy Didenko, chercheur à l'université de Kiev. Cependant, pour des raisons de confidentialité, nous nous sommes éloignés de la capitale, vous le comprenez bien. Nous voulons œuvrer en toute quiétude. Je voulais vous présenter à mes amis. Bien sûr, vous savez ce que vous êtes ?

– Je suis un clone, se répétait Liza. C'est ça qu'il attend de moi.

Mais elle répondit :

– Oui, je suis Liza Devreau et je suis artiste peintre.

– Non. Savez-vous ce que vous êtes ? recommença Andriy.

Elle réitéra sa réponse.

– Vous êtes un clone, s'énerva-t-il. Et savez-vous ce qu'est un clone ?

Liza ne dit mot.

– Un être modelable, un être qui peut être reproduit à l'infini sur un modèle précis, un être néfaste, d'une noirceur inouïe, un être destructeur par excellence.

– Non ! s'insurgea Liza.

Et elle répéta en boucle :

– Je suis Liza Devreau et je suis artiste peintre.

Une clameur s'éleva de la foule.

« Où es-tu, Mathieu ? Es-tu toujours en vie ? » Elle se raccrocha à l'espoir de le revoir. Oui, elle le reverrait. Elle voulait s'en convaincre. Mais elle avait peur. Pourtant elle continuait. Elle était Liza Devreau et elle était artiste peintre et elle avait le droit d'exister selon sa propre volonté. Elle ne voulait de mal à personne. Elle regarda Marya : une fragile fleur blonde, terrorisée et prostrée. Contrairement à elle, la jeune femme russe ne semblait pas être au courant de la situation.

– Qu'allez-vous faire de nous ? demanda Liza.

– Je pose les questions.

Mais elle insista.

– Pourquoi sommes-nous dans une cage ?

Silence. Elle renouvela la question.

– Pour vous exhiber.

– Nous exhiber ?! Mais c'est ridicule. Nous ne sommes pas des phénomènes de foire, rétorqua-t-elle.

Silence.

– Qu'allez-vous faire de nous ?! hurla Liza.

– Dans un premier temps, nous allons vous étudier.

– Comme des cobayes ?

Tout d'abord Andriy se tut puis répondit :

– Comme ce que vous êtes. Puis, nous montrerons au monde entier qu'elle abomination vous êtes. Ensuite nous vous tuerons. Les mauvaises cellules doivent être détruites. Le traitement doit être total et définitif pour obtenir une guérison complète. Au terme de votre séjour, il ne restera rien de vous.

Liza accusa le coup et tomba à genoux dans la cage.

– Ramenez-les dans leur cellule.

A la fin de chaque journée, Liza se retrouvait dans sa prison.

Et la nuit revenait avec ses démons. Une autre nuit. Encore. Les bruits amplifiés. Les battements de cœur accélérés. Les sens en alerte. L'imagination fertile qui s'embrase, qui s'emballe. La peur. Ne pas imaginer le pire. Mais comment ? Comment sortir d'un cauchemar dont on ne peut se réveiller, d'un cauchemar qui est réalité ?

Et tous les matins, la même mise en route. Les mêmes bruits. Les mêmes habitudes. Le même brancard rouillé. La même salle d'examens. La même odeur de détergent. Les mêmes masques. Les mêmes yeux. Le bruit des machines, encore. Le bruit des imprimantes, toujours. Les mêmes tests comparatifs effectués sur les deux jeunes femmes, qui s'apportaient réconfort et chaleur, lorsque par chance leurs yeux se rencontraient.

Liza n'était plus que de l'ADN. Elle n'était plus que données chiffrées. Quantité d'urine, de sucre, de globules rouges et blancs.

Quantité de CO_2. Même la douleur se chiffrait : « Entre 0 et 10, où situez-vous votre douleur ? » Elle n'était plus qu'un bracelet en plastique, un chiffre à plusieurs zéros. Dernier clic de souris avant l'effacement d'un fichier, avant le formatage du disque, dernière limite avant le néant.

Et à nouveau la cellule. Seule. Seule !

Et la nuit revenait. Toujours. Encore !

Et le jour revenait. Et l'espoir renaissait. Aujourd'hui peut-être ?

Chapitre 30

Elle était là !

Dans sa cellule.

Apparition inconcevable. Vision improbable. Pourtant elle se tenait bien devant elle. Face à face déstabilisant. Rencontre perturbante. Sosie génétique. Seules quelques rides montraient la différence.

– Bonjour, Liza, dit la femme d'une voix douce.

Liza observait cette femme : la preuve même de son origine.

– Tu es née de mes cellules, ma chère Liza. Je tenais à te rencontrer en personne avant que tu ne disparaisses.

Son corps se tendit.

– Ils ont fini toutes les analyses. Tu reverras Marya. Une dernière fois. A peine rencontrée, à peine perdue. C'est si bête ! Mais enfin, c'est la vie. Pour une séance photo. Dans un décor spécialement conçu pour vous, une mise en scène spectaculaire pour ta dernière exposition. Avec toi comme modèle. Portrait de l'artiste très peu de temps avant sa mort. Plus, une caméra pour nous filmer, ensemble, toutes les trois. Génial, non ? Ensuite, ils n'auront plus besoin de toi. Ils ont même pensé à filmer votre mort. Percutant ! J'adore !

Liza restait muette devant la vérité.

– C'est à cause de moi que tu es ici, tu le sais ? C'est moi qui ai vendu les renseignements sur les secrets de ta naissance. Sans mon aide, ils n'auraient pas eu tous les dossiers scientifiques nécessaires pour faire accuser plusieurs pays.

La femme s'approcha.

– Tu vois, ma chère Liza. C'est grâce à moi que tu es née et c'est selon ma volonté que tu vas mourir. Andriy m'a laissé ce privilège. N'est-ce pas délicat de sa part ? Je voulais que tu le saches avant de ne plus exister.

Liza sentit une grande colère monter en elle : vague déferlante dans son cœur qui ne voulait pas s'arrêter de battre. Elle se compara à un bateau sans moteur, en perdition près des rochers. Impuissance révoltante. Inutilité de l'appel au secours. Fatalité du naufrage. Elle se dit que cette femme était folle. Comment se battre contre la folie ? Elle en ressentit encore plus de haine. La femme s'approcha davantage et lui toucha le visage. Liza ne broncha pas.

– Tu es vraiment très belle mais la beauté est éphémère. Les roses finissent toujours par se faner, comme dit le poète. Ce sont les choses de la vie, dit-elle avec un rire étrange.

Elle lui rappelait ces personnages de sorcière dans les histoires que son père lui racontait avant de dormir. Ces contes de fée dans lesquels apparaissaient ces femmes très belles dont l'âme était si noire qu'elles s'en prenaient toujours à la belle et fragile princesse. Mais ces méchantes femmes ne gagnaient jamais car elles étaient terrassées par le vaillant chevalier. Le gentil, tuant toujours le méchant. Le bien triomphant toujours du mal.

– Je te rassure, tu ne vas pas souffrir, continuait la sorcière blonde.

Liza se demanda comment il était possible d'annoncer une condamnation à mort avec si peu d'émotion.

– Je vais même te montrer ma gentillesse. Je vais te laisser le choix. Comment veux-tu mourir ?

– C'est tellement généreux de ta part, persifla Liza.

– Je suis contente que tu le reconnaisses, dit la femme qui ne paraissait pas se rendre compte de la colère de Liza.

– Qu'est-ce qui t'a poussée à faire ça ? demanda la jeune femme sur un ton sec.

– L'argent, ma petite ! L'argent ! Ainsi va le monde.

– Seulement ?

– Ta naïveté me touche. Tu es si mignonne. Mais tu as raison. Ce n'est pas que ça. Le pouvoir de destruction est tout aussi grisant. Sais-tu combien il est jouissif de regarder des coccinelles se noyer dans une mare ou de détruire le château de sable d'un autre enfant ? Le plaisir de faire mal !

– Tu es complètement folle ! Comment ont-ils pu te choisir pour te cloner ? Comment as-tu pu les berner à ce point ?

– J'ai fait semblant. J'ai joué le jeu. Je me suis montrée exactement comme ils attendaient que je sois : douce et belle. Irréprochable. La perfection faite femme. C'est si facile.

– Tu es un monstre !

– Non, le monstre, c'est toi, ma chère Liza. Il ne faudrait pas confondre. C'est toi, l'aberration génétique. Pas moi !

– Tu es peut-être parfaite génétiquement mais seule l'apparence physique se clone, pas l'esprit, ni l'âme d'un individu. Je ne suis pas comme toi ! objecta Liza.

– Que tu le veuilles ou non, tu me ressembles !

– Oh non alors ! se défendit Liza.

Cette constatation fit du bien à Liza qui se sentit plus forte. Mais elle ne donnait pas cher de sa courte existence face à la froideur de cette femme.

– Alors ? Quelle mort choisis-tu ?

Liza la fixa sans répondre.

– Puisque c'est ainsi : je choisirai pour toi.

Chapitre 31

Tout est allé très vite.

Elle attendait, les bras le long du corps sur son lit.

Elle guettait le moindre son.

Ce fut très furtif au début. Rien qu'un petit frottement, rien qu'un tout petit grattement qui s'amplifia pour devenir de plus en plus net, de plus en plus présent. Le son envahit progressivement toute la cellule, semblant venir de toutes les directions à la fois. Impossible d'en connaître la véritable source. Bruit réel ou hallucination auditive ? Envie d'y croire une dernière fois ou folie contaminant l'âme dans un corps épuisé sur le point de s'éteindre ?

Une dalle se souleva, suivie d'une deuxième, puis d'une troisième et d'une autre encore. Liza retint un cri en plaquant ses mains sur sa bouche. Une tête grimée de noir apparut par l'ouverture, puis un corps entier qui s'extirpa complètement pour laisser place à une autre tête identique accompagnée d'un corps similaire. Ballet en vêtements de scène de couleur sombre. Chenille silencieuse et discrète. Ils se succédaient : reproduction de clones armés, militaires enflés de gilets pare-balles. La cellule tout entière ne tarda pas à être occupée par un arsenal complet : pistolets, fusils d'assaut, grenades et autres explosifs. Liza assista immobile au remplissage de son petit espace. L'un des militaires lui sourit et lui fit signe de se taire en posant un doigt sur la bouche.

Des bruits de pas dans le couloir.

– Elle revient ! Comme tous les matins. Elle va vous voir. Le judas ! dit Liza, les yeux révulsés.

Le chef donna des ordres brefs. Hommes caméléons, certains s'accroupirent derrière la porte, d'autres s'allongèrent ou se camouflèrent sous le lit en dissimulant les armes. Les bruits de clé, les bruits de porte, les grincements de l'armoire, les couinements du brancard, les bruits de porte, les bruits de clé : le même chant sinistre matinal, la même litanie, la même complainte métallique. Liza connaissait par cœur cette chanson obsédante.

La petite trappe glissa et l'œil scanner plongea sur Liza.

La porte s'ouvrit.

Les chasseurs fondirent sur la proie : la grosse femme se retrouva neutralisée et bâillonnée en un éclair de seconde.

La chenille se mit en branle, elle s'étira hors de la cellule. Liza fut habillée, soulevée et extraite de son piège. Chaque maillon de la chaîne connaissait son rôle et sa place. Ils parcoururent les couloirs, certains assurant les arrières, d'autres échangeant des coups de feu, quelques-uns tombèrent et furent secourus par les autres mais toujours ils protégeaient Liza et sans cesse progressaient. Ils montaient des marches, poussaient des portes. Des cris, des ordres, des fuites et des combats. Coups de feu, explosions. Et toujours ils avançaient vers la sortie.

Liza reconnut l'air de la liberté, un air frais qui lui frappa le visage et qui la fit suffoquer tant ses poumons n'étaient plus habitués à ce parfum qu'ils croyaient perdu. Elle voyait enfin le bâtiment qui l'avait maintenue prisonnière. Un manoir en pierres, aux élégantes proportions architecturales, à la façade recouverte de vigne vierge, trônant au milieu d'un jardin formé de carrés bordés de buis, ornés d'un rosier sur tige. Une maison de petit seigneur de campagne, un havre de luxe et de bon goût, qui cachait l'horreur des sous-sols de la bâtisse.

Chapitre 32

Deux tireurs se tenaient au sommet d'une des tours du manoir. Mathieu et Ethan n'auraient pour rien au monde manquer la libération de Liza.

– Vite ! Agissons ! Préparons nos armes, ordonna l'homme de main de Vincent.

Chacun des deux hommes ouvrit une mallette : un fusil en pièces détachées patientait à l'intérieur. Ils se mirent à l'ouvrage pour les remonter le plus rapidement possible. Cela devint même un jeu entre les deux tireurs qui ne purent s'empêcher de chercher à savoir qui des deux serait le plus rapide. En une danse ordonnée et rythmée, chacun des deux compétiteurs se concentra pour arriver à battre son adversaire. Ce fut finalement Ethan qui termina le premier.

– Tu as encore du lait sur les moustaches, mon petit chat, se vanta ce dernier, le visage radieux.

Mathieu, vexé, serra les dents et ne pipa mot. Il pensa à Liza et essaya d'oublier sa défaite : il y avait plus urgent à faire que de se battre avec cet Anglais prétentieux. Du moins pour l'instant.

Les deux hommes ouvrirent une troisième mallette contenant des grenades et des explosifs qu'ils répartirent dans les différentes poches dont était équipée leur veste dite d'espion, version Thomas.

Mathieu sourit au souvenir de la discussion :

– Moquez-vous ! Moquez-vous ! avait dit Sherlock. C'est fou ce qu'on trouve sur Internet ! C'est une tenue élégante et efficace, d'une grande discrétion puisque elle est noire et très pratique pour se faufiler partout. Et en plus elle très seyante. Je trouve qu'elle affine la silhouette.

– Mais ma parole ! vous faites l'article. Vous feriez un excellent vendeur, avait dit Mathieu en riant.

Ethan continuait à le provoquer :

– Surveille bien tes arrières pour une fois, mon jeunot ! Essaie de rester en vie au moins ! Ils ne seront pas tous aussi gentils que moi.

Mathieu serra son arme, son index pris soudainement de démangeaisons rancunières. Il se tourna brusquement vers Ethan et le frappa au visage :

– Ça, c'est pour m'avoir assommé sur les toits de Paris.

Puis un autre coup :

– Et ça, c'est pour avoir essayé de me tuer dans la rue à New York.

Et un dernier :

– Et celui-ci, c'est pour m'avoir frappé à Oxford. Voilà ! Comme ça, on est quitte.

– Ca y est ? Tu te sens mieux, mon jeune coq ? demanda Ethan, qui se massait les joues, encore sonné mais amusé par ce comportement.

– Bien mieux, merci.

– Mathieu, il y a une chose que tu dois savoir : je n'ai jamais eu l'intention de te tuer, je devais juste t'empêcher de tuer Liza. Si j'avais vraiment voulu le faire, tu serais déjà six pieds sous terre. Et je te le dis en toute amitié : tu devrais te méfier davantage.

Mathieu opina de la tête en souriant. Les deux tireurs se mirent en position. Cependant des paroles revenaient en boucle dans l'esprit du jeune homme : « N'oubliez pas. Vous ne devez pas échouer. » Mathieu se souvenait de son échec sur les toits de Paris. Il se força à oublier. Il se concentra. Fusil dans le creux de l'épaule, joue droite légèrement appuyée contre la crosse, lunette de visée télescopique. Regard clair. Respiration et battements cardiaques apaisés.

Il la vit.

Il était sûr que c'était elle.

Liza était portée par deux soldats qui progressaient prudemment dans le jardin sous couvert du reste du groupe. Soudain ce dernier fut encerclé par des hommes armés surgissant de derrière une haie. Mathieu reconnut les ravisseurs d'Oxford. Une femme blonde sortit du cercle et menaça Liza d'un pistolet. Mathieu pointa sa lunette de visée sur elle. La ressemblance avec Liza le déstabilisa un instant mais très rapidement il comprit la situation et se prépara à tirer.

– Elle est pour moi, dit-il à Ethan.

– A toi l'honneur !

Il attendit et tira. Aucune erreur de parallaxe. Cette fois-là, il ne rata pas sa cible. Le sosie de Liza s'écroula.

Un homme seul, vêtu de noir, passait furtivement à couvert entre les haies et les murs de pierres. Au début, Mathieu et Ethan ne perçurent pas clairement son identité puis ils reconnurent Thomas, qui courait vers eux en direction du manoir. Quelques instants plus tard, le chercheur britannique parvenait en haut de la tour.

– Thomas, mais que faites-vous là ? Vous n'êtes pas un militaire.

– Taratata ! Vous croyiez que j'allais vous laisser tout faire tout seul ? Sauver Liza est une responsabilité qui m'incombait tout autant qu'à vous, messieurs ! déclara Thomas fièrement. Et puis, je suis sûr que sans Sherlock, vous ne pourriez rien faire, dit-il accompagné d'un clin d'œil. Au fait, elle vous va bien cette tenue. Bon ! Au travail ! J'ai un compte à régler. Il faut trouver Andriy.

Thomas questionna les deux hommes. Où se trouvait le ravisseur ukrainien ? Les trois compagnons descendirent au sous-sol. Dans ce qui restait d'un amphithéâtre, ils trouvèrent un alignement de corps inanimés. Ils avaient visiblement préféré le suicide à la reddition. Néanmoins, juste à côté d'eux, Thomas reconnut son ancien compagnon d'université. Il s'agenouilla près de lui : l'homme respirait encore.

– Bonjour Thomas. Je suis content de te revoir. C'est bête, tu arrives un peu tard pour me demander pardon. Toi qui m'as pris le poste dont je rêvais tant.

– Tu délires, mon pauvre Andriy. Tu n'avais pas le niveau. Vincent l'a tout de suite su. Tu as été écarté de la sélection car tu avais été jugé psychologiquement fragile. Tu as toujours eu des idées étranges, inconciliables avec la science.

– Tu as raison, achève-moi par tes paroles. Tu m'as déjà pris mon rêve autrefois.

– C'est seulement par vengeance que tu voulais tuer Liza ?

– Le destin s'est acharné contre moi. Décidément, la médecine n'était pas faite pour moi. Elle ne pouvait pas me sauver alors que j'avais décidé de lui consacrer ma vie. Je suis malade et condamné. Je n'avais plus rien à perdre, alors que je pouvais tout te prendre.

– Tu n'arriveras pas à m'attendrir, Andriy. Ce que tu as fait est criminel. Adieu.

– Achève-moi, Thomas. Je n'ai pas pris de poison, contrairement aux autres. J'ai reçu une balle dans le ventre lors de l'assaut. Ne me laisse pas souffrir.

– Tu n'as même pas eu ce courage. Quelle lâcheté ! Je ne te ferai pas ce cadeau.

Mathieu et Ethan patientaient aux côtés de leur ami, qui se releva et qui, sans même un regard en arrière, se dirigea vers la sortie. Ce dernier rajouta simplement :

– Liza est vivante. Tu as échoué. Échec et mat ! La partie est terminée.

Dans ce qui restait des couloirs, ils trouvèrent une fleur russe fanée, coupée trop tôt. Thomas sut tout de suite qu'il s'agissait de Marya. Elle ressemblait à Liza mais ses cheveux étaient plus courts et Liza avait un grain de beauté sur le cou. La jeune femme semblait endormie. Une balle perdue était allée frapper à la mauvaise adresse.

Mathieu s'agenouilla et caressa doucement son visage. Puis ils la soulevèrent délicatement et la portèrent dans le jardin.

Un hélicoptère stabilisé en vol stationnaire, coléoptère géant aux élytres déployés, patientait en bourdonnant au-dessus des affrontements. Aux ordres reçus, l'insecte métallique déroula, à l'aide d'un treuil, un filin relié à une plateforme enroulée dans un filet. Liza fut déposée par ses sauveteurs, qui embarquèrent à leur tour sur ce radeau volant, qui se dirigea aussitôt vers la liberté.

Chapitre 33

Liza poussa la porte de la galerie avec une émotion infinie. Mille fois elle avait rêvé de refaire ce geste. Combien elle avait souhaité revenir à New York, à l'Arbora Gallery et retrouver ses tableaux !

Elle avança à pas de loup, se demandant si elle n'était pas encore en train d'imaginer la scène. Elle s'approcha de l'une de ses toiles et ne put s'empêcher de la toucher, de la caresser. Sa main tremblait sur les couleurs et des larmes se mirent à ruisseler sur ses joues. Ses toiles étaient bien devant elle. Elle était revenue. Elle avait survécu. Elle avait tenu bon jusque-là mais, devant ses tableaux, elle fondit en larmes. Elle s'agenouilla sur le plancher en chêne et pleura abondamment : toutes ses angoisses, toutes ses frayeurs et ses cauchemars inondèrent son visage, ses vêtements et le sol. Des larmes profondes et réparatrices s'échappaient : elle ne pouvait plus les retenir, elles avaient trop longtemps été étouffées.

Justine McKay avait rendez-vous avec Liza. Elle sortit à ce moment-là de son bureau et vit la jeune femme effondrée. Elle se précipita vers elle.

– Ma pauvre Liza ! Ne restez pas comme ça. Venez avec moi.

Mais Liza ne l'entendit pas et continua à sangloter. Justine regarda autour d'elle, retourna dans son bureau et revint avec une boîte de mouchoirs en papier. Elle lui parla à nouveau.

– Liza ? Vous m'entendez ? Venez avec moi.

Liza leva finalement les yeux.

– Je suis désolée, dit-elle. Je suis vraiment désolée.

– Tenez ! lui dit-elle en lui tendant des mouchoirs. Venez, ne restons pas là.

Aidée de Justine qui lui offrait l'appui de son bras gauche, Liza se leva.

– Ne vous excusez pas, lui dit la femme chargée des relations publiques, en lui tendant d'autres mouchoirs. Nous sommes au courant de ce qui s'est passé. Nous avons appris votre enlèvement, ma chère Liza. Votre ami, M. Rivard, nous avait prévenus : les hommes armés, la séquestration, la demande de rançon, votre épuisement... Je suis réellement navrée de tout ce qui vous est arrivé. Sincèrement !

Liza la regarda tristement et ne répondit rien. La version des faits donnée par Thomas lui convenait parfaitement. Elle sourit intérieurement en pensant au mensonge du chercheur qui n'avait pas voulu expliquer la vraie raison de l'enlèvement : il avait voulu préserver le secret de sa naissance. C'était d'ailleurs cette même version qu'elle avait utilisée en parlant à sa mère au téléphone.

– Allons dans mon bureau.

Justine l'invita à s'asseoir sur un petit canapé de velours vert anis.

– Vous vous sentez mieux ? Je peux vous servir quelque chose à boire ? Thé ? Café ?

Justine se leva et alla préparer une tasse de thé et choisit une capsule de café. Elle posa les deux tasses sur un petit plateau au design très moderne, qu'elle installa sur une table basse de couleur prune. Liza but une gorgée de son thé et soupira.

– Je suis vraiment déçue de n'avoir pas pu être autant présente à la galerie que je l'aurais désiré. J'espère que mon absence n'a pas été trop préjudiciable ?

Justine la rassura. Un travail préparatoire avait été fait en amont deux mois avant l'ouverture : communiqués, dossiers de presse, cartons d'invitation, textes destinés aux agendas à paraître dans la presse. L'affiche de l'exposition avait été disposée un peu partout en ville afin d'attirer un grand nombre de visiteurs et de partenaires financiers. Puis pendant la présentation, l'effort de communication avait été poursuivi.

– Je comprends, dit Liza soulagée. Je vous remercie de votre travail : c'est fantastique mais j'imagine que cette campagne de communication a un coût ?

– Oui, bien sûr ! Mais ne vous inquiétez pas. Nous rentrons largement dans nos frais : les retombées médiatiques de votre enlèvement ont été bien au-delà de nos espérances.

– Vous voulez dire que vous avez exploité mon enlèvement ?!

– Bien-sûr !

Liza imagina un instant la réaction des gens s'ils avaient su qu'elle était un clone humain.

– Mais c'est choquant !

– Mais non ! Pas le moins du monde. Ne soyez pas naïve ! Il était important que le public sache que l'artiste dont les toiles sont exposées dans notre galerie se trouvait dans les griffes de ravisseurs cruels. Dès qu'ils ont appris votre kidnapping, ils ont afflué en masse. Ils ont assisté à votre libération, à votre sortie de cet affreux manoir. Ils ont vu les images de ce sous-sol sordide où vous croupissiez. Ah, si vous saviez ! Comme ils compatissaient ! Comme les larmes coulaient sur leurs visages rongés par la douleur ! Quel grand moment de solidarité ! Un vrai succès ! La quasi-totalité de vos toiles a été vendue.

– La quasi-totalité ?!

– Oui. C'est fou ! Ils se les ont arrachées comme des petits pains. Vous imaginez ? Posséder l'une des toiles d'une jeune artiste opprimée ? On ne pouvait rêver mieux comme publicité ! Surtout pour l'Arbora Gallery ! M. Griggs était fou de joie ! C'est incroyable comme un tout petit rien peut tout changer ! Ne bougez pas. Je vais chercher le *New York Times* et des magazines.

Justine se dirigea vers son bureau, ravie de son effet.

– Un tout petit rien ?! se répétait Liza.

Ce qu'elle avait vécu, toutes ses souffrances n'étaient qu'un tout petit rien ?

Liza n'en revenait pas de ce raisonnement. Elle découvrait le fonctionnement d'un monde étrange. Bien sûr, elle avait lu des articles sur les stars dans la presse people mais jusque-là elle ne s'était pas sentie concernée. Elle se retrouvait dans la peau de ces célébrités qui lui avaient paru si lointaines.

Justine lui tendit un magazine qu'elle avait pris soin d'ouvrir à la bonne page.

– Tenez ! Admirez ! dit-elle fièrement.

Liza vit plusieurs photos d'elle. Une partie d'un article parlait de ses toiles et le reste était consacré à son enlèvement, avec force détails. Heureusement, aucune mention de Marya.

Liza, dégoûtée, lui rendit le journal.

– C'est génial, non ? lui demanda Justine.

Liza ne chercha pas à argumenter : les deux femmes ne vivaient décidément pas sur la même planète. Toute discussion aurait été vaine.

– Oui, c'est génial, confirma Liza sur un ton morne. C'est absolument génial ! Je ne m'y attendais pas, dit-elle en continuant sur le même ton boudeur.

– Ah ! j'en suis ravie, dit Justine qui n'avait pas saisi l'ironie dans le ton de la voix de la jeune femme. Bien ! Parlons de votre vernissage. Je suis sûre que vous attendez ce moment avec impatience.

– Ne m'en parlez pas ! dit Liza qui ne s'était toujours pas remise.

Et pourtant ! Le vernissage ! Liza y avait pensé tous les jours lors de sa captivité. Cela l'avait aidée à tenir bon. Ce qu'elle venait d'entendre gâchait quelque peu son plaisir. Cependant, elle se raisonna.

– Je vous écoute. Parlez-moi du déroulement de cette soirée.

– Bien, j'ai deux ou trois choses que je voudrais voir avec vous.

Chapitre 34

De la rue s'entendait une musique feutrée de discussions mondaines en ce jour de vernissage. Une fois les portes franchies, le rideau se levait sur le spectacle bucolique qu'offrait la galerie Arbora, univers de rêverie et de détente. Le premier tableau était un jardin multicolore. Sur des tables recouvertes de nappes en papier, aux serviettes assorties, décorées du visage de Liza sérigraphié façon pop art, se déployaient des coroles de petits fours bigarrés. Rondes d'amuse-bouche salés : canapés de foie gras aux figues, verrines tricolores de saumon fumé, ricotta et avocat, cuillères de crevettes marinées à l'orange. Des fleurs aux pétales composés de réductions sucrées s'épanouissaient : éclairs au chocolat, religieuses, Paris-Brest, tartes au citron et tartes aux pommes, fraisiers. Le galeriste et « ses filles » avaient voulu faire « French » en se procurant les gourmandises chez un pâtissier français installé à New York.

Des boules de buis dans des pots de couleur taupe ponctuaient la promenade artistique. Des arches métalliques ornées de rosiers rouges grimpants séparaient les différentes parties de l'exposition, tandis qu'une fontaine de chocolat au parfum délicieux trônait au milieu de ce jardin gourmand, animé par les visiteurs sur un fond musical de chants d'oiseaux.

Une femme d'une blondeur scandinave se glissa jusqu'à Liza. Elle semblait flotter dans l'air.

– Votre travail est remarquable, Mlle Devreau. Laura Hartmann, de la galerie Hartmann à Berlin. J'aimerais beaucoup discuter de votre prochaine exposition avec vous. Voici ma carte. Appelez-moi, dit-elle en tendant une main gantée de noir et disparaissant dans des effluves de parfum de grande marque.

M. Griggs était aux anges. Le vernissage était un succès. Des centaines de personnes s'étaient donné rendez-vous dans sa galerie.

– Mlle Devreau, je vous félicite d'avoir réussi à attirer autant de monde.

– J'ai bien peur que les visiteurs ne soient venus qu'en raison de la publicité due à mon enlèvement.

– Ne soyez pas ridicule. Il est vrai que les gens raffolent d'informations croustillantes mais le public sait reconnaître le talent. Ne sous-estimez pas son jugement et son discernement. Discutez avec les visiteurs : vous verrez qu'ils sont là pour vous en tant qu'artiste. Vous savez, les gens ne s'y trompent pas : vous avez un don réel. Tout à l'heure, j'ai vu Laura Hartmann discuter avec vous : c'est une grande connaisseuse. Si elle est venue ici, c'est bien pour vous voir. Faites-lui confiance : elle saura vous aider à poursuivre votre ascension.

– Alors merci, M. Griggs, dit Liza en lui donnant une poignée de main chaleureuse. Vous me rassurez. Je n'oublierai ni ma première galerie ni ma première exposition. Les premières amours sont toujours inoubliables.

– Bien, bien, allez vers les gens : ils attendent tous de rencontrer l'artiste. C'est pour vous qu'ils sont là ! Je vous laisse. J'ai beaucoup de mains à serrer également. Mon grand-père aurait adoré. Merci, dit-il, visiblement touché.

Professionnels et amateurs déambulaient. Une effervescence dorée remplissait les verres en forme de calice. Au fil de la soirée, d'abord mince ruisseau au léger bruissement, le flot des voix s'intensifiait pour devenir cascade : il s'accélérait et montait crescendo jusqu'à devenir presque assourdissant. Les langues se déliaient.

Les visiteurs discutaient des toiles de Liza, un verre à la main et un petit four de l'autre.

– Oh, mon Dieu ! Et celle-ci ? Ne trouvez-vous pas que la quintessence de l'art ait été atteinte dans cette toile ? s'extasia une femme aux énormes lunettes rondes et rouges, qui amaigrissaient sa tête aux cheveux noirs et courts, déjà si petite.

– Tout à fait ! ma chère. Je n'aurais pas trouvé meilleurs mots ! s'émerveilla sa voisine, une expression de transe proche de Woodstock sur le visage.

– Et d'ailleurs cela me rappelle l'un de mes tableaux, n'est-ce pas, mon poussin ? demanda-t-elle d'une voix haut perchée à un homme un peu plus loin.

L'homme pivota vers son voisin et fit une grimace très

significative quant au talent de sa femme avant de se retourner vers elle et de déclarer :

– Mais oui, ma caille, tu es vraiment douée !

– Merci, mon canari, dit-elle en se pâmant.

Et en pivotant vers sa voisine :

– De toute façon, Robert n'a jamais rien compris à l'art.

Et les deux femmes gloussèrent ensemble.

Une jeune fille vêtue d'une robe longue d'un bleu cobalt regardait une toile, immobile. Statue de marbre au visage triste. Sur ses joues pâles coulait une rivière. Si autour d'elle, tout n'était que tourbillon, elle faisait fi de l'agitation ambiante : planète statique dans un système solaire en mouvement.

Liza hésitait à troubler sa contemplation. Cependant, elle était curieuse de connaître la raison de ses larmes.

– Bonjour, je suis Liza Devreau, dit-elle d'une voix douce.

La jeune fille ne quitta pas la toile du regard.

– Que c'est beau ! Comment ? Comment faites-vous ? Comment pouvez-vous faire transparaître une telle émotion ? Cela me submerge !

Liza prit le temps de répondre pour trouver les mots justes :

– Il faut faire corps avec sa toile. Il faut tout lui donner, sans réserve, sans pudeur, comme à un amant. Il faut savoir s'offrir.

La statue s'anima soudain et regarda Liza de ses yeux d'un vert profond :

– Alors, votre amant doit être le plus heureux des hommes.

Liza ne répondit rien, se réjouit intérieurement et continua à regarder la jeune fille.

– Merci ! Merci beaucoup pour ce cadeau ! dit cette dernière d'une voix emplie d'une émotion sincère.

Et la jeune fille redevint statue, s'absorbant à nouveau dans la contemplation de la toile.

– Puis-je vous revoir ? demanda le jeune homme qui venait de se placer subrepticement aux côtés de Liza.

– Vous commencez toujours vos livres par la fin ? dit-elle sans même tourner la tête.

– Habituellement. Mais cette fois-ci, ce n'est que le début de l'histoire.

– Mathieu ! Tu es à New York ! s'exclama Liza, heureuse.

– Pour rien au monde je n'aurais manqué le vernissage de mon artiste préférée.

– Tes supérieurs t'ont laissé quitter Paris ?

– Eh bien, disons que je ne leur ai pas demandé leur avis.

– Mais...

– Ne t'inquiète pas. Ça va aller. Je voulais vraiment te revoir.

– Toi aussi tu m'as manqué.

Le jeune homme regarda la toile exposée sous ses yeux.

– J'aime beaucoup ce que vous faites, dit-il sur un ton mondain.

– C'est vrai ? demanda-t-elle sur un ton d'ingénue. Souhaiteriez-vous acquérir cette toile ?

– Non, merci. Moi, c'est l'artiste en personne qui m'intéresse.

Et Mathieu prit Liza par la taille. Le prince fit tournoyer la princesse : deux valseurs emportés dans le drapé d'une longue robe de soirée en soie rouge carmin. Ils s'arrêtèrent heureux et étourdis par la danse.

– Bien, je vais te laisser profiter de tous tes admirateurs. On se retrouve après. Je t'attends à l'hôtel.

Liza regarda Mathieu se faufiler dans la foule. Elle remarqua que de nombreuses femmes se retournaient à son passage. Un corps svelte, une allure racée, une démarche décidée, un visage fin et surtout... des fesses... Stop ! se dit-elle. Elle sourit. C'est vrai qu'il était plutôt sexy dans son smoking !

Thomas regardait Liza évoluer dans la flore artistique. Elle volait, papillonnant et virevoltant, le sourire aux lèvres, de fleur en fleur, d'îlot en îlot, de visiteur en visiteur, prenant soin de ne négliger personne, sa présence déclenchant immédiatement la bonne humeur. Portait-elle le collier des Brisingar, fait d'or et d'ambre, lui conférant un charme auquel nul ne pouvait résister ? Elle répondait patiemment et avec grâce aux questions, trouvait toujours pour chacun le mot juste qui émeut, qui flatte ou qui fait rire, elle partageait le verre de l'amitié et butinait au passage quelques petits fours qu'elle affectionnait tout particulièrement.

Une clameur dans la salle. Le vent sur les blés. Une onde se propageant dans toute la galerie. Le bruit courut qu'un certain George était à l'intérieur. Les femmes répétaient cette nouvelle fébrilement et frénétiquement au rythme du haussement d'épaules de leur mari.

– Vos toiles me plaisent beaucoup, dit un homme vêtu d'un smoking noir, au sourire de star américaine.

– Merci, lui répondit timidement Liza en rougissant, réalisant soudain l'identité de celui qui lui avait adressé la parole. Vous aimez vraiment ?

– Oui, bien sûr. Je suis un grand amateur d'art, dit l'homme en arborant un nouveau sourire.

– Alors, venant de vous, cela me va droit au cœur, dit Liza dont le visage devenait rouge pivoine.

– Et d'ailleurs j'ai déjà réservé l'une de vos toiles.

– Mais c'est merveilleux ! J'en suis très flattée, dit la jeune femme dont le visage, cette fois-là, avait totalement achevé sa métamorphose en fleur écarlate.

L'homme lui sourit. Ils se tournèrent vers les toiles et se turent pour profiter de l'instant.

– Je vous remercie de vous être déplacé, Monsieur, bredouilla Liza qui d'habitude ne perdait pas ses moyens.

– George, appelez-moi George, toujours avec le même sourire. C'est tout naturel. Vous savez, j'ai une passion pour les œuvres d'art européennes classiques. Mais aussi pour l'art moderne. Ah ! s'interrompit l'acteur féru d'art, je vois là-bas une connaissance. Je vais vous présenter mon ami Jean, l'un de vos compatriotes.

Et Liza, George et Jean discutèrent.

– Merci encore d'être venus, dit Liza qui se sentait plus à l'aise, la tête penchée sur le côté de manière tout aussi charmante. J'ai beaucoup aimé échanger avec vous, dit-elle en souriant à son tour.

– De rien, répondit George en français teinté d'une élégante pointe d'accent américain.

– *My pleasure*, répondit Jean en anglais avec une élégante pointe d'accent français.

Salut l'artiste ! Les deux hommes en smoking et nœud papillon se dirigèrent avec classe vers la sortie, escortés d'une volée de moineaux féminins.

– Un autographe, un autographe ! piaillaient les oiseaux en robe de soirée.

Thomas se précipita vers Liza, anxieux.

– Dites-moi, Liza, vous croyez que je peux lui demander s'il est *Ristretto* ou *Decaffeinato* ?

– Thomas ! Non mais vraiment ! Vous êtes incorrigible ! le gronda Liza.

– Je sais, je sais. Mais je ne peux pas m'en empêcher, dit Thomas l'air penaud.

– Ne changez surtout pas, mon cher Thomas. L'humour est une grande qualité. Sans humour, la vie serait bien triste.

– C'est ma façon de prendre du recul, de me moquer de la réalité. Plutôt que de me lamenter sur mon sort, j'ai décidé de voir la vie, comme vous dites, avec des teintes chaudes.

– C'est pour cela que je vous aime bien, Sherlock, dit Liza en lui souriant tendrement.

Thomas prit un air sérieux que Liza lui connaissait bien.

– Qu'avez-vous ? Vous me semblez soucieux.

Le chercheur hésita un instant et se lança.

– Vous m'avez percé à jour, mon cher Watson. Avez-vous parlé de l'enlèvement à votre mère ?

– Elle le savait déjà : les médias sont d'une grande efficacité de nos jours. Je l'ai rassurée. Mais je ne lui ai pas donné la vraie version.

– Vous rentrez dans six jours à Paris. Qu'allez-vous lui dire finalement ?

– Je l'ignore, Thomas. Je l'ignore encore, dit Liza pensivement. Que feriez-vous à ma place ?

– Je ne puis vous répondre. Il n'y a qu'une seule Liza. La décision vous appartient, jeune déesse.

– J'aurais tellement aimé que Marya soit encore en vie.

Thomas lui sourit tristement : lui aussi avait ce regret. Il allait partir quand elle le retint par le bras.

– Thomas ? Allez-y ! Allez lui demander !

Il prit un air interrogateur :

– A qui ?

– Et bien ! D'habitude, vous êtes plus vif que cela. A George, voyons ! Allez lui poser votre question !

Le visage de Thomas s'illumina.

– J'y vole !

Et le drôle d'oiseau disparut dans la forêt de visiteurs.

Chapitre 35

New York brillait de mille feux : magma incandescent fait de verre et de métal en fusion. Les gratte-ciel jaillissaient du sol : ils avaient traversé l'écorce terrestre et étaient sortis tout droit du centre de la terre. Créatures flamboyantes, phœnix renaissant de leurs cendres, résilients, puissants et volontaires. Les sommets de ces titans faisaient la cour aux étoiles. En contrebas, les gens sortaient des théâtres de Times Square : petites fourmis s'agitant dans un monde de géants.

Liza et Mathieu se tenaient, rescapés d'un monde en ébullition, blottis l'un contre l'autre sur le canapé face à la baie vitrée de la chambre de l'hôtel Trump SoHo, trop heureux de faire durer l'instant magique.

– J'ai eu mille fois l'occasion de te tuer...

– ... et tu ne l'as pas fait, continua Liza.

– Au début, ils me disaient que tu étais un individu dangereux, que de te laisser en vie entraînerait probablement de nombreuses morts. Mais je ne comprenais pas, je ne voyais pas la menace que tu représentais. Ils ne m'expliquaient pas pourquoi. Mais je ne pouvais pas obéir. Tuer sans comprendre, froidement, ne correspond pas à mon mode de fonctionnement, de raisonnement. Tuer une femme innocente m'est apparu inutile et inhumain, contraire à mes principes.

– Et ensuite ?

– J'ai posé les yeux sur toi. Et je t'ai vue.

Il se plongea à nouveau dans ses yeux.

– Et à chaque fois que j'aurais pu, que j'aurais dû, mon instinct me disait de ne pas le faire.

– Était-ce seulement ton instinct ?

– Je suis habitué aux tirs longue distance. Comment aurais-je pu te tuer ? Tu étais trop proche de moi, dit-il en riant.

– Était-ce la seule raison ?

Il se rapprocha d'elle et l'embrassa tendrement sur les lèvres.

– Il y avait peut être autre chose, murmura-t-il.

Et Liza déposa à son tour un baiser.

– Laisse-moi te dessiner, laisse-moi te désirer.

Mathieu regarda Liza sans répondre.

– Tu seras mon modèle. Retire tes vêtements, lui dit-elle avec une voix douce. Viens sur le lit. Allonge-toi sur le ventre, s'il te plaît.

Elle sortit un petit bloc de papier de son sac à main et débuta le voyage de son corps. Elle étudia ses courbes, ses creux et ses muscles : courbes des fesses, angles des omoplates, arrondi de la nuque, muscles des bras et des cuisses. Et le crayon se mit en mouvement, s'accéléra, se ralentit et s'accéléra à nouveau pour faire corps avec la surface plane du papier blanc. Il serpentait avec aisance et plaisir, grisé par le paysage. Une fois le voyage terminé, le crayon fut posé, le papier écarté et le modèle rejoint par l'artiste. Et elle lui apprit à dessiner. Nul besoin de crayon, les courbes de Liza épousèrent les courbes de Mathieu sur la surface blanche du lit.

Liza s'était levée. Dans un long déshabillé de soie noir et blanc, elle se tenait légèrement en retrait devant la baie vitrée. Le visage partiellement éclairé par les lumières de la ville, elle demanda à Mathieu qui venait de la rejoindre :

– Sous quel éclairage me vois-tu maintenant, Mathieu ?

– Que veux-tu dire ?

– Je suis un clone, Mathieu. Comment me perçois-tu ? Quel angle choisis-tu ? L'éclairage d'une toile met en lumière des choses que seule la personne qui le choisit est capable de voir. La lumière est capitale pour sublimer une œuvre. Et d'ailleurs tu connais le grand paradoxe du dessin ? Ombre et lumière. Pour obtenir la lumière, l'artiste est obligé de rajouter des touches d'ombre. La lumière nait donc de l'ombre. Le mal et le bien réunis ! Quelle apparence ai-je alors pour toi ?

Mathieu toucha son visage, le parcourut lentement et lui répondit :

– Toi. Je te vois toi, Liza.

Chapitre 36

Sa chambre d'enfant lui paraissait minuscule, étriquée, rétrécie. Liza avait-elle mangé une part du gâteau d'Alice ? Comment avait-elle pu passer autant de temps dans une pièce aussi petite ? Elle était assise sur le lit et regardait les peluches, le bureau, les dessins au mur. Elle ne voyait plus l'univers qui avait été le sien de la même manière. Mais quant à elle, était-elle réellement différente ? La mère porterait-elle un regard altéré sur la jeune femme, qui jusque-là l'avait appelée maman ? Et pour Liza, qui était cette femme qui l'avait veillée quand elle était malade, qui l'avait emmenée dans les musées et les expositions ? Était-elle seulement sa mère adoptive ou était-elle sa mère simplement ? Valait-il mieux lui dire la vérité ? Et d'ailleurs quelle vérité ? Qu'elle n'était pas sa mère ? Non-sens absolu. Inutilité et absurdité de la vérité. Existe-t-il des mensonges nécessaires au bonheur d'autrui ?

La porte de la chambre s'entrebâilla.

– Ah ! Enfin ! Tu es là, ma chérie. Comme je suis contente que tu sois rentrée ! dit sa mère en se précipitant vers elle. Tu vas bien ? J'ai eu si peur pour toi !

– Bonjour maman, dit Liza en la serrant très fort dans ses bras.

Comme je suis heureuse de te revoir ! Oui, je vais bien.

– Tu es sûre ? Ton enlèvement...

– Certaine ! la coupa-t-elle d'un baiser.

– Tu vois, ta chambre t'attend. Rien n'a changé.

– Non maman, tu as raison. Rien n'a changé.

– Raconte-moi ! Je veux tout savoir sur New York. Absolument tout. Ta chambre au Trump SoHo ? Tu as aimé ? Tu sais, bien évidemment, que la tête de lit dans ta suite a été créée par Fendi Casa, la célèbre marque de luxe italienne ! Et il faudra que tu parles de l'hôtel à ton père ! Tu sais à quel point il apprécie le travail des architectes qui ont dessiné cette tour ! Et ton exposition ? Et comment s'est passé ton séjour à New York ? enchaînait sa mère sur un rythme soutenu.

– Très bien, maman. Très bien. Tout s'est très bien passé, répondit Liza emportée par le tourbillon maternel.

– Viens, descendons. Tu vas me raconter tout ça.

– Oui, maman. Tu vas me faire un bon thé bien chaud ? Comme d'habitude ? Tu en prendras une tasse avec moi ? Vanille ?

– Oui, bien sûr, vanille ! Comme d'habitude ! Descends. Je te rejoins dans une minute.

Une fois seule, la mère de Liza s'assit sur le lit de sa fille. Elle décrocha le médaillon en or qu'elle portait autour du cou et l'ouvrit. Une mèche de cheveux blonds y était cachée. Elle sortit de la poche de sa robe une feuille de papier froissée, mille fois dépliée et repliée, légèrement jaunie par le temps.

– Inès, murmura-t-elle. Ma douce petite. Ceci est tout ce qui me reste de toi : quelques cheveux et un certificat de décès. Maigre consolation pour une maman qui a perdu sa fille.

Elle soupira. Elle replia soigneusement la feuille et la rangea. Elle referma le médaillon, le raccrocha à son cou, se leva et se dirigea vers la porte. Son regard s'attarda un instant dans la chambre.

– Liza m'attend, se dit-elle en refermant la porte.

Et elle sourit.

Chapitre 37

Dominant l'agitation urbaine du haut de ses trois cent vingt-quatre mètres, la Dame de fer veillait patiemment sur les Parisiens et sur les touristes. Thomas regardait avec affection l'œuvre de Gustave Eiffel : structure métallique en avance sur son temps, qui avait échappé de justesse à la destruction grâce à la pose d'une antenne de radio en son sommet. Aujourd'hui symbole incontournable de la capitale, qui songerait maintenant à la démonter ? Il aimait cette époque où la science et les progrès techniques avaient fait une avancée colossale. Il avait beaucoup d'admiration pour ces hommes qui avaient eu le courage de leurs opinions et qui n'avaient pas eu froid aux yeux. Avancer avec son temps. Toujours avancer. Et même devancer.

Il avait rendez-vous pour le déjeuner dans une brasserie, au coin d'une rue, avec une femme. Discussion discrète et anonyme autour d'un petit crème dans l'animation parisienne.

– Tu n'as pas changé, lui dit-il.

– Flatteur ! Après toutes ces années !

– Non, Anne, tu es toujours aussi belle.

Thomas et la mère de Liza se regardèrent dans les yeux en

silence.

– Merci d'être venue, lui dit-il.

– Je suis heureuse de te revoir, lui dit-elle. Il s'est passé beaucoup de choses depuis notre dernière rencontre.

– Oui, beaucoup de choses, dit Thomas pensif. Merci, ma chère amie, de t'être occupée d'elle. Si tu savais comme j'ai été heureux de la voir de près, après tout ce temps ! Elle est tellement merveilleuse.

– Tu l'aimes beaucoup, n'est-ce pas ?

– Plus que tout, lui avoua-t-il.

Un nouveau silence.

– J'ai toujours voulu te poser cette question, mais je n'en ai jamais eu l'occasion, lui dit-elle.

Thomas attendit.

– Pourquoi ne pas avoir gardé l'enfant pour toi ?

Thomas soupira.

– J'avoue y avoir pensé. Mais à ce moment-là, je ne me voyais pas vraiment élever un enfant tout seul même si, je l'admets, cela m'avait effleuré l'esprit.

Avant toute chose, il souhaitait que Liza trouve une famille aimante qui saurait prendre soin d'elle. Et il s'était souvenu de Anne, qui avait perdu son bébé. Dès qu'il lui avait montré Liza, il avait vu son sourire, il avait vu à quel point la présence de cette petite fille que pourtant, elle savait clonée, la comblait de joie. Alors il avait tout de suite su que Liza allait devenir sa fille, que c'était mieux ainsi.

Thomas fixa la mère de Liza en silence.

– Vas-tu lui dire la vérité ? lui demanda-t-il.

– Non, Thomas. Je veux qu'elle continue à croire que je ne suis au courant de rien. Je ne veux ni qu'elle sache que je connais son origine ni que j'ai connu la douleur de perdre un enfant. Cette disparition nous a déjà fait suffisamment de mal à mon mari et à moi. Il n'est pas nécessaire de lui faire partager cette peine. Je ne veux pas qu'elle m'imagine malheureuse. De plus, Liza a déjà vécu son lot de choses traumatisantes récemment. Alors à quoi bon ? Vous avez pu intervenir à temps : aucune photo ou vidéo n'a été diffusée. Tout document compromettant a été détruit. Officiellement, Liza en tant que clone n'existe pas. L'opinion publique ne doit pas savoir que l'on peut fabriquer des humains à volonté depuis de nombreuses années. Les gens voient souvent le mauvais côté des choses. Et je ne veux surtout pas que Liza en souffre !

Le visage de Thomas s'assombrit.

– Qu'as-tu, mon ami ? lui demanda-t-elle.

– J'ai dû lui faire croire que j'ai subtilisé ton enfant à la maternité. Mathieu en est convaincu lui aussi. Tu imagines bien que je n'aime pas trop ce rôle-là !

– Je sais, mon cher Sherlock. Je sais quel rôle tu préfères jouer, dit-elle en souriant. Mais peux-tu encore faire cela pour nous, pour moi, pour Liza ? Un dernier service, en souvenir de notre amitié ? D'ailleurs, elle a choisi de ne rien me révéler de ce qu'elle sait et de ce qui lui est réellement arrivé. Elle ne veut pas m'inquiéter ou me faire de la peine.

– Faire semblant ? Sauver les apparences ?

– Non, Thomas. Profiter de la vie. Vivre. Tout simplement. Cette décision lui appartient comme il m'appartient de ne rien lui dire non plus. Peut-être viendra-t-il un jour où, Liza et moi, nous nous souviendrons ?

Silence.

– Liza t'aime, lui dit-il.

– Oui, j'ai cette chance extraordinaire. Comme elle adore son père. François et moi n'oublierons jamais ce que Vincent et toi avez fait pour nous.

Elle se leva de sa chaise et l'embrassa sur la joue.

– Merci, mon ami, lui glissa-t-elle à l'oreille.

Elle reprit sa place et le regarda.

– Que vas-tu faire ?

– Je retourne à Oxford. Je vais continuer à travailler sur la thérapie génique : au moins le public et les législateurs en comprennent l'utilité ! Et dans quelques années, je réessaierai de leur parler de clonage humain.

– Je te reconnais bien là, dit-elle en souriant.

– Prends bien soin d'elle.

– Avec tout mon amour.

Il laissa de l'argent sur la table, se leva et partit sans un regard en arrière.

Elle resta un moment, assise, bercée par les voix des serveurs.

– Et un croque-monsieur pour la dix. Une mousse au chocolat pour la douze. Une salade César pour la deux.

Elle faisait durer l'instant dans le bruit rassurant de la vie quotidienne. Elle regardait les scooters dépasser les voitures dans les voies de bus, elle voyait les cyclistes prendre des sens interdits et passer sur les trottoirs en slalomant entre les passants, elle observait les conducteurs des voitures garées en double file se précipiter faire une course, elle entendait les Klaxons, les gens grogner, les sirènes de pompier ou de police. Paris était sa ville, sa capitale, sa métropole, son univers. Elle y était née, elle y avait toujours vécu. Elle avait voyagé presque partout, et d'ailleurs, elle se jura de retourner à New York avec Liza. Mais elle revenait toujours vers Paris, ville aimantée, ville boomerang, parfois violente, souvent dure, mais sans cesse Paris.

Son café était froid depuis longtemps quand finalement elle se leva.

– Gardez la monnaie.

– Merci. Passez une belle journée, lui répondit le serveur.

– Oui, vous avez raison. C'est une belle journée ! lui répondit-elle l'air rayonnant. Ma fille vient de naître.

L'homme la regarda, dubitatif. Elle lui sourit et s'en alla, marchant vite sur ses talons hauts, laissant le serveur subjugué par le battement de sa jupe légère sur ses jambes.

La tour Eiffel était particulièrement majestueuse ce jour-là.

Chapitre 38

Le bureau se trouvait dans le sous-sol d'une usine désaffectée en plein cœur de la capitale parisienne. Tout laissait croire que l'endroit était inoccupé. Et cependant…

En uniforme couleur Terre de France, debout, mains appuyées sur le bureau, l'homme, le visage rouge de colère, regardait fixement Mathieu.

– Mais qu'est-ce qui vous a pris, Lieutenant ? hurla l'officier. Vous aviez pour mission de neutraliser une cible et vous la ratez à plusieurs reprises ! Et quand on vous ordonne de rester sur Paris, vous prenez le premier vol pour New York ! Et en plus, vous vous êtes permis de falsifier un document pour voyager aux frais de la princesse ! Mais pour qui vous prenez-vous ? Répondez-moi, Lieutenant ! Vous vous croyez au-dessus des ordres ?

Mathieu ne répondait pas.

– Je vous somme de répondre, Lieutenant ! ordonna son supérieur.

– Je suis désolé, Mon Capitaine.

– Vous êtes désolé ?! hurla l'homme en montant le ton crescendo. En plus vous vous moquez de moi ! C'est tout ce que vous avez à dire ?

– J'obéirai aux ordres à l'avenir, Mon Capitaine.

L'homme regarda Mathieu et soupira. Il s'assit à son bureau, reprit son calme et continua.

– Vous aviez reçu l'ordre d'éliminer un individu mais vous avez échoué. Pourquoi ?

– J'ai perdu mon sang-froid, Mon Capitaine.

Mathieu regarda son supérieur qui poursuivit :

– Vous avez toujours été un bon élément jusque-là, voire, je dois le reconnaître, un très bon élément. Que vous est-il arrivé ?

– Je ne sais pas, Mon Capitaine, mentit Mathieu.

L'homme hésita un instant mais il n'était pas dupe.

– La cible était trop belle ? demanda l'officier, un petit sourire aux lèvres.

– Tout à fait, Mon Capitaine, dit Mathieu, en souriant à son tour.

– Vous avez de la chance : en haut lieu, ils veulent vous accorder une seconde chance. Ils ont décidé d'effacer votre échec. Étant donné que cette opération était la première de la sorte pour vous, ils ont décidé d'être indulgents. Pour l'instant, la mission qui vous avait été assignée n'a plus de raison d'être. Tout est rentré dans l'ordre : la cible ne représente plus aucun danger. Vous êtes consigné à vos quartiers pour une durée de quatre jours : profitez-en bien pour réfléchir à votre avenir chez nous. Si un nouvel échec se présentait, nous nous verrions dans l'obligation de vous révoquer, de vous radier des effectifs. Me suis-je bien fait comprendre ?

– Oui, Mon Capitaine.

– Vous pouvez disposer.

– Bien, Mon Capitaine.

Les yeux de Mathieu s'échappèrent vers une fenêtre haute. Il repensa à Liza. Il sourit. Pourquoi n'avait-il pas tiré ? Et pourtant, il en avait reçu l'ordre. C'était son devoir. Il regarda à nouveau vers le bureau. L'homme avait disparu.

Mathieu n'entendit pas la conversation entre les deux hommes dans la pièce voisine.

– Oui, Mon Général. Il faudra revoir le programme de formation des recrues. Nous ferons le nécessaire pour éviter toute interférence émotionnelle à l'avenir. Nous avons encore beaucoup de travail à entreprendre.

– Vous avez intérêt ! Je ne veux plus qu'il y ait la moindre faille, la moindre défaillance dans le système. Il faudra rendre tous les spécimens opérationnels dans un avenir très proche. Il faut qu'ils soient tous parfaitement conditionnés. De plus, tout cela doit appartenir au plus grand secret. Personne ! personne ne doit être au courant ! Je ne veux pas me retrouver avec l'opinion publique à dos ! Me suis-je bien fait comprendre ?

– C'est très clair, Mon Général.

– Et en ce qui concerne le numéro un ?

– Tout est en ordre. Il est sur le point de quitter le bâtiment. Il ne se méfie pas.

Mathieu chercha la sortie. Il ne connaissait pas bien l'endroit et se perdit dans le dédale de couloirs souterrains. Ariane saurait-elle le guider ?

Son attention fut attirée par une porte sur laquelle était affichée : « accès interdit à toute personne non autorisée. » La porte s'ouvrit, il se cacha derrière un renfoncement de mur. Un homme sortit précipitamment de la pièce sans prendre le soin de refermer derrière lui. Mathieu en profita pour se faufiler à l'intérieur comme à son habitude, comme un chat.

La salle était gigantesque. Elle était remplie de lits qu'il avait du mal à distinguer dans la pénombre qui y régnait. Il explora plus avant et remarqua quelque chose.

Au début, il crut à une coïncidence.

Sur chacun des lits parallèles les uns aux autres, se trouvait un homme qui semblait dormir.

Tous avaient le même âge.

Tous avaient le même visage.

Le sien.

Et il comprit.

Maintenant il savait.

Page Auteur

Si vous avez envie de me contacter ou de suivre mon actualité littéraire, n'hésitez pas à vous rendre aux adresses ci-dessous.

A bientôt !

Pour contacter l'auteur Lydia Le Fur :

Contact : lydia.lefur.auteur@gmail.com

Blog : http://lydialefur.wordpress.com

Compte Facebook : https://www.facebook.com/lydia.lefur.71

Page Facebook : https://www.facebook.com/lydia.lefur.auteur

Dépôt légal : janvier 2017

www.ingramcontent.com/pod-product-compliance
Lightning Source LLC
Chambersburg PA
CBHW050842180626
46814CB00007B/2580